Sally

DU MÊME AUTEUR

Chez le même éditeur

Dans « Le cabinet noir » :

L'Affaire Winston, roman
L'Assassin qui rendit son arme, roman

Howard Fast

Sally

roman

Traduction de l'américain
par Pierre Sergine

Collection « Le cabinet noir »

LES BELLES LETTRES
1999

Titre original :
Sally

ISBN : 2-251-77135-2
ISSN : 1283-2928

Pour Paul R. Reynolds.

Chapitre 1

Le pharmacien était corpulent et avait dépassé la soixantaine. Lentement, il monta l'escalier puis marqua une pause sur le palier et s'essuya le front. La journée était chaude. Le bureau de consultation du docteur Kaldish se trouvait au premier étage et donnait sur rue. Le pharmacien se nommait Jeremiah Potts, mais tout le monde l'appelait Oncle Jerry – il était l'un des deux pharmaciens de Timmerville, de même que Kaldish en était un des deux médecins.

Oncle Jerry entra chez Kaldish en geignant et Rita Saxon, l'infirmière de Kaldish, âgée, maigre, aux cheveux teints, le regarda avec aigreur et sans la moindre trace de sympathie.

– Je ne devrais pas être ici. Je ne devrais pas davantage faire des biopsies. Il faudrait un hôpital, ou pour le moins un laboratoire dans une ville de cette importance. Je ne devrais pas, non plus, monter des escaliers par une journée aussi chaude. – Il portait un costume Palm Beach, vieux et jauni.

– Quoi de neuf au sujet de mon angine ?

– Quoi de neuf ? lui retourna Rita Saxon.

Le docteur Kaldish déboucha de son bureau dans la salle d'attente.

– Vous irez jusqu'à quatre-vingt-dix ans avec votre angine, dit-il, d'une voix sèche et nasillarde. – C'était un vieil homme osseux, atteignant les soixante-dix ans. – Débarrassez-vous de cette graisse et vous vivrez encore plus longtemps. Entrez par ici. Il y fait plus frais.

Il entraîna le pharmacien dans son bureau, tandis qu'Oncle Jerry se plaignait de ne pas connaître la patiente en question.

– Je ne me rappelle même pas son nom, dit Oncle Jerry en lançant un regard autour de lui. Il remarqua, soudain, combien la pièce était sombre, poussiéreuse et démodée. Toutefois, il y faisait frais ; la température y était certainement agréable.

– Elle s'appelle Sally Dillman.

– Dillman. C'est juste. Je n'ai jamais travaillé avec des Dillman. Jamais eu une ordonnance à ce nom.

Mais il ne pouvait être absolument certain du nom de la malade, ni faire entièrement crédit aux paroles de Kaldish. Il soupçonnait chez Kaldish une sénilité croissante et s'étonnait qu'une fille comme cette Miss Dillman lui accordât une confiance absolue. Il sortit une petite boîte de son gousset et aspira une prise de tabac en poudre.

– Quelle sale habitude vous avez là, remarqua Kaldish. Je parierais que vous êtes le dernier du comté à priser. En ce qui concerne Sally Dillman, je n'ai pas grand-chose à vous dire. Sinon que, tandis que vous prisez, elle fume des cigarettes. Elle fume trop, beaucoup trop ! Institutrice, âgée de vingt-deux ans, orpheline, elle possède une maison et un peu d'argent, son père était mécanicien de locomotive. Des presbytériens, je crois. Il me semble que sa mère était unitarienne.

– Je ne peux pas supporter les unitariens.

– Là n'est pas la question, n'est-ce pas ? lui demanda le médecin. Il s'agit des examens que vous avez faits. Vous savez ce que je dois dire à cette fille ?

– Je ne vois pas que vous ayez quelque chose à lui dire ?

– Peut-être pas si j'avais vos principes, répondit le médecin au pharmacien. Mais j'ai des obligations morales. Je suis tenu de dire à cette petite qu'elle va mourir.

– Je ne vois toujours pas l'utilité de ma présence ici.

– Croyez-vous que ce sujet puisse être traité à la légère ? Vous avez fait les examens. Vous allez en témoigner.

– En témoigner, grommela Oncle Jerry en se laissant tomber sur une chaise placée contre le mur. En témoigner, vraiment !

Rita Saxon poussa la porte du bureau et murmura :

– Elle arrive, elle monte l'escalier.

Le médecin s'enferma dans son fauteuil derrière le bureau, en une attitude composée. Sally Dillman fit son entrée. Ses cheveux, comme ses yeux, étaient bruns ; elle paraissait soucieuse. Au cours de ses études secondaires, elle avait été élue parmi les dix plus jolies filles de sa classe, mais les deux hommes âgés ne pouvaient que l'observer avec curiosité, sans en tirer aucune joie.

Le médecin se leva, contourna son bureau et la conduisit à un siège.

– Aucune parenté entre vous ? demanda le pharmacien, faute d'une meilleure formule.

– Voici l'Oncle Jerry Potts. C'est lui qui a effectué les examens, dans son laboratoire. – Puis il s'adressa à l'Oncle Jerry : – Non, nous ne sommes pas parents. Quoique je suppose que c'eût été possible. C'est moi qui l'ai mise au monde. Quand était-ce donc... en quarante-deux ?

– En avril, fit Sally Dillman.

Elle avait une petite voix douce. Robuste, bien bâtie, elle mordillait sa lèvre inférieure.

– Asseyez-vous, Sally, lui dit-il.

– Oui, docteur.

Elle s'assit sur un tabouret placé non loin de lui. On eût cru une petite fille obéissant à son père.

– Maintenant, Sally, commença-t-il, et il se râcla la gorge.

– S'il vous plaît, dites-moi la vérité, fit-elle d'une voix égale, et, je vous en prie, faites-le vite.

– C'est exactement ce que j'ai l'intention de faire. Vous n'avez personne sur qui vous appuyer, Sally. Pour nous, qui sommes seuls en ce monde, c'est un fardeau particulièrement lourd que de devoir faire face à la réalité.

– Dites-moi tout, je vous en prie.

– C'est bon. J'ai ici l'Oncle Jerry, qui confirme mon diagnostic. Vous êtes malade, Sally. Très malade. Votre foie est gonflé, de même que vos ganglions lymphatiques. Cela en soi n'est pas une confirmation mais l'Oncle Jerry a effectué toute une série d'analyses. Rien moins que la série entière. Nous n'avons omis aucun test. Cependant, de mon côté, j'ai fait mes propres examens microscopiques. Peut-être mes yeux ne sont-ils pas aussi bons qu'ils l'ont été mais je sais encore ce que je vois au microscope. J'ai, moi-même, fait les examens sanguins. Je n'en ai laissé le soin à personne, pas même à l'Oncle Jerry.

– Allez-vous enfin me dire ce que j'ai ? – Elle était à bout et avide de savoir. – Je ferai ce qu'il faudra. Je dispose d'une bonne somme d'argent, docteur Kaldish. S'il faut que je cesse d'enseigner pendant un certain temps, s'il faut que j'aille à l'hôpital, j'en ai les moyens, vous le savez.

– Un séjour à l'hôpital, Sally, ne vous fera aucun bien. Je crains que rien ne puisse avoir d'effet.

– Docteur, de quoi suis-je atteinte ?

– De leucémie.

– De leucémie ?

– Oui, Sally. De leucémie.

Il tenta de sourire mais se rappela à temps que c'eût été inconvenant. Il regarda Potts qui s'administrait une nouvelle prise.

– Il faut que je retourne à mon magasin, dit Potts d'un ton malheureux.

– Eh bien, qu'est-ce que cela veut dire ? – Sally Dillman désirait visiblement des explications. – Vous dites que j'ai la leucémie. Alors, qu'est-ce que cela signifie ? Combien de temps faudra-t-il pour que mon état s'améliore ?

– C'est ce que j'ai essayé de vous dire, Sally.

– Quoi, pour l'amour de Dieu ?

– Vous ne pouvez pas guérir.

– Il faut vraiment que je retourne au magasin, insista Potts, soulevant sa lourde masse de graisse. J'aimerais rester, sincèrement, mais il faut que je retourne au magasin.

Il s'en fut et Kaldish ne fit rien pour le retenir. Il retourna derrière son bureau et se rassit. Sally Dillman, recroquevillée sur son tabouret comme une petite fille, demeura silencieuse pendant un moment puis s'enquit, d'une voix plaintive :

– Vais-je être une invalide ? Mais, si cela m'arrive, qui prendra soin de moi ?

– Eh bien. Ce n'est pas le cas. Ce n'est pas cette sorte de maladie, Sally. Il est inutile que j'essaie de vous mentir. Ce m'est très pénible d'avoir à vous le dire et c'est pourquoi l'Oncle Jerry s'est sauvé.

– Vous voulez dire que je vais mourir ?

– Hélas, oui, Sally.

– Ainsi, je vais mourir ?

– Oui, Sally.

– Aucun espoir ?

– Aucune opération ne peut y remédier, Sally.

– Aucune médication ?

– Non, dit-il.

– Alors, quand ? murmura-t-elle.

Elle se mit à pleurer tout en s'efforçant de maintenir ce qu'il lui restait de dignité et de possibilité d'élocution.

– Je ne sais pas exactement, Sally. Il peut vous rester deux ou trois mois à vivre – peut-être cinq, six mois. Il m'est impossible d'être précis.

– Mais pas plus de six mois ?

– Je ne le crois pas, Sally. C'est un cas médical très particulier. J'ai lu tout ce qu'il était possible de lire sur cette maladie et j'ai consulté un de mes amis à l'hôpital Rochester. Environ six mois.

– Eh bien. Mais ne pourrait-il y avoir une erreur. – Elle lui adressa un regard d'excuse. – Comment pouvez-vous être sûr de ne pas vous être trompé ?

– Je ne puis être catégorique, Sally, mais je dois vous dire qu'il est d'autres maladies bien plus difficiles à diagnostiquer. Je ne veux pas que vous me poussiez à vous laisser de vains espoirs. Si vous aviez une mère, ou un père, les choses, évidemment, seraient différentes, n'est-ce pas ? Mais il vous faut mettre les choses au point, vous-même.

– Quelles choses ? murmura-t-elle.

– Tout, Sally. Vous êtes, maintenant, seule responsable. Il vous faut penser à l'avenir.

– Quel avenir ?

– Allons, Sally. Cela a été un choc terrible pour vous, dit-il. Mais ne formulez pas de jugements irréfléchis. Ce que vous pouvez faire de mieux est d'aller parler de tout cela avec votre pasteur.

– Avec qui ? demanda-t-elle, stupéfaite.

– Votre pasteur. Vous êtes pratiquante, vos parents...

– Maman était unitarienne, lui répondit-elle. Papa était en désaccord avec elle et m'a envoyée chez les presbytériens. J'ai abandonné après sa mort.

– Vous feriez peut-être bien de renouer avec eux.

– Oui, docteur. Dites-moi...

Elle avala sa salive et le souffle lui manqua. Abandonnant son bureau, il se précipita vers son armoire à pharmacie et y trouva un flacon de sels. Sally eut une quinte de toux et écarta la tête. Ayant recouvré sa voix, elle l'interrogea.

– Que va-t-il se passer ? Comment ? Je dois être informée.

– Évidemment, évidemment. Eh bien, au début, rien de bien caractéristique. Cette fièvre qui vous tient aura des hauts et des bas, et, la plupart du temps, vous aurez mal à la gorge, par périodes probablement. Vous vous sentirez plus faible, il vous faudra faire effort pour vous lever le matin. Puis, vous aurez peut-être des ennuis du côté sanguin.

– Vous voulez parler de mes règles ?

– Oui, et aussi si vous vous coupez. Risques d'hémorragies. Il pourrait être difficile d'arrêter l'écoulement de votre sang. C'est là un des symptômes normaux de la leucémie. Mais, pendant les prochaines semaines, il se peut que vous ne remarquiez aucun changement...

– Il faut que je parte, dit-elle soudain.

– Oh ?

– Je vous en prie. Laissez-moi partir tout de suite.

Elle bondit sur ses pieds, franchit la porte, dépassa Miss Saxon et se précipita dans la rue. Le soleil estival étincelait. Des enfants nu-pieds rentraient chez eux après avoir été, comme chaque jour, se baigner dans le canal. Ils dansaient sur le trottoir brûlant. Ils riaient et criaient, comme elle l'avait fait autrefois, quoiqu'elle n'eût jamais poussé de cris perçants. Elle avait été une petite fille bien plus réservée.

Chapitre 2

Lorsque le temps était beau, le détective Frank Gonzalez se rendait à pied à son travail. Il descendait de Harlem, généralement par la 5e Avenue et, après avoir traversé la 86e Rue, il avait atteint son propre territoire, le 19e District. Ce 19e District borne la 86e Rue puis s'étend, au-delà du parc, jusqu'à la 59e Rue. Dépassé Central Park, il est bordé à l'est par la rivière.

Le détective Gonzalez situait instinctivement les limites et l'étendue de son secteur, Souvent, avec résignation, il se disait : « Une fois sur ce trottoir, je suis un flic. »

Le fait d'être un flic lui donnait matière à réflexions, indécises ou parfois positives. Mais il ne voyait pas trop souvent le côté positif des choses. Et, quelles que fussent ses pensées, quand il descendait du haut de la ville, une mutation s'effectuait lorsqu'il traversait la 86e Rue, se dirigeant vers la basse ville. Sur le côté sud de cette rue, il était, pour ainsi dire, au boulot. Instinctivement, son esprit devenait plus alerte et il observait les gens. Il notait leurs mouvements avec un intérêt professionnel. Il marchait même différemment. Malgré lui, il adoptait le pas d'un flic.

Gonzalez était âgé de trente-deux ans. Il pesait quatre-vingt-deux kilos et était solidement charpenté. Ses yeux étaient très foncés et la plupart des filles lui trouvaient un physique agréable. Il aimait rêver les yeux ouverts – rêver qu'il était riche, qu'il découvrait celle qu'il pourrait aimer sincèrement et en confiance, qu'il ferait quelque chose de valable. Il lui semblait que la plupart de ses actes étaient sans intérêt. Assez souvent, il lui semblait que le fait d'être un flic était, de tout, ce qui comptait le moins.

Son ami et mentor, Allan Perez, un juriste ayant atteint la soixantaine et s'étant consacré à de nombreuses causes, lui avait souligné que le fait d'être un policier portoricain avait une grande importance. Perez voulait convaincre Gonzalez que son rôle était utile, nécessaire et, dans un certain sens, civilisateur. Sur ce dernier point, Frank Gonzalez demeurait sceptique. Parfois, il admettait l'importance de sa tâche et de sa façon d'agir. Mais il ne lui était pas facile de relier son rôle à une mission civilisatrice. Il n'était pas aisé d'y voir autre chose que du gaspillage. Il était né dans un taudis, avait grandi dans une jungle. Un miracle lui avait permis de décrocher l'examen de sortie de l'école secondaire, un autre celui de l'université. Il avait un diplôme, lisait beaucoup, et visait plus haut. Cela, pensait-il, devait lui permettre d'être mieux qu'un flic. Il étudiait son droit mais sans suivre de cours. Il se trouvait dans une impasse et, en cet instant, il ne travaillait sur rien de particulier.

Il descendait donc, de bonne heure, en ce matin d'avril, le long du mur du parc a partir de la 86e Rue, dépassant le Metropolitan Museum of Art, traversant la 79e Rue, tandis que ses pensées vagabondaient.

Il était étendu au soleil sur une plage de Porto Rico ; sa vision était nette ; la plage de l'Hôtel Hilton, sa chambre qu'il avait louée en bon argent, et il était là, allongé, entouré de toutes parts des corps blafards de riches Americanos. Puis ce rêve éveillé, précis et familier, s'évanouit et l'idée lui vint d'abandonner ce pays pour entreprendre une nouvelle carrière en France ou en Italie ; l'ayant écartée, il essaya de s'imaginer remplissant les fonctions de commissaire de police. Il eut vite assez d'en peser le pour et le contre, et il vit la jeune fille.

Alors, il redevint un flic. Si ce n'eût été son métier, il ne lui eût pas accordé un second regard parce qu'*a priori*, elle n'était pas particulièrement séduisante. En l'examinant mieux, on notait qu'elle était bien bâtie, que ses traits étaient fins, qu'elle était en bonne santé et si un peu d'espoir et de vie avaient éclairé sa figure, elle eût pu être très jolie. Pour cette raison même, il l'observa de nouveau avec plus d'acuité : son visage, sombre, figé, reflétait la peur. Elle avançait dans la même direction que lui et, avec ses longues enjambées, il la dépassa puis s'arrêta et se retourna pour la regarder encore. Immobile, il lui lança un coup d'œil oblique tandis qu'elle passait à côté de lui. Il resta sur place à l'épier, la vit parcourir une trentaine de mètres et s'asseoir sur un banc. Elle semblait consciente de sa présence, de celle de tous ceux qui l'entouraient. Elle avait peur à la façon d'un animal traqué et sa peur gagna Gonzalez.

Gonzalez l'observait toujours. Elle tournait les yeux de tous les côtés ; des yeux qui cherchaient, sans rien trouver, qui, alors, se posèrent sur lui et, quand il fit un pas vers elle, elle bondit sur ses pieds et prit la fuite.

À longues foulées, il courut après elle et lorsque, un pâté de maisons plus loin, il la rejoignit, elle se raidit contre le mur en pierre du parc, ouvrit la bouche pour crier mais ne put émettre un son. Pour autant que Gonzalez pût voir, elle était plus terrifiée que quelqu'un n'eût dû l'être, sauf face à la mort ou à quelque chose de comparable à la mort.

Elle put enfin parler :

– Qu'allez-vous me faire ?

– Avez-vous des ennuis ? lui demanda-t-il. Allons, n'ayez pas peur. Je suis un flic. Qu'est-ce qui ne va pas ?

Elle était toujours effrayée. Tandis qu'elle reculait tant qu'elle le pouvait contre le mur afin de s'écarter de lui, il lui dit gentiment :

– Voyons, détendez-vous. Essayez de recouvrer votre calme. Quel est votre nom ? Moi, je m'appelle Frank Gonzalez. – Il fouilla dans sa poche et en tira sa carte d'identité en ouvrant son étui devant elle. – Regardez.

Elle y jeta un coup d'œil et inclina la tête. Une nouvelle fois, il tendit le porte-carte vers elle.

– Vous me comprenez ? Je suis un détective. Que se passe-t-il ? Avez-vous des ennuis ?

De nouveau, elle inclina la tête. Elle chercha ses mots et, lorsqu'elle put s'exprimer, ce fut lentement, d'une voix rauque.

– Oui, j'ai des ennuis, fit-elle. Et j'ai peur.

– Je le sais. Mais cessez d'avoir peur. Tout va bien, maintenant. Vous saisissez ? Avez-vous entendu ce que je vous ai dit : « Je suis un détective » ? Le détective Frank Gonzalez, du 19e District. Notre poste de police est là, dans la 67e Rue, à quelques blocs d'ici. Vous avez compris ?

Elle asquiesça, d'un mouvement de tête.

– Oui, j'ai compris.

Il se rendit compte alors de la justesse de sa première impression. Elle pouvait être très jolie. Aucune personne effrayée n'est très jolie. Son accent n'était pas celui d'une citadine. Pour Frank Gonzalez, cela signifiait qu'elle n'était pas de New York, ni des environs qui lui étaient connus. Entraîné en tant que détective, il remarqua rapidement plusieurs détails. Ses vêtements n'étaient pas luxueux, mais pas non plus bon marché. Son sac avait dû coûter très cher, au moins cinquante dollars. Ses souliers étaient également de très bonne qualité. Elle clignait légèrement des yeux, indice de myopie. Pourtant, elle ne portait pas de lunettes et, même en danger, elle conservait sa dignité. C'était le côté pathétique de son cas.

– Vous êtes réellement un détective ? demanda-t-elle. Vous n'êtes pas en train de me mentir ?

– Je suis réellement un détective.

Il lui sourit. Son sourire était chaud et cordial, et tandis qu'il souriait, il cessa de penser à lui-même et à ce qu'il était. Il ne fut plus qu'un homme qui lui souriait et elle réagit enfin à son sourire.

– Oh, mon Dieu, fit-elle. Oh, mon Dieu !

Mais elle paraissait détendue. Elle respira à fond et expira lentement. Il prit alors son bras et la conduisit vers un banc.

– Asseyez-vous, lui dit-il.

Il était, maintenant, neuf heures et demie du matin. La contre-allée qui longeait le mur du parc était presque déserte. Gonzalez ne la pressa pas. C'était là son procédé professionnel. Il s'assit, l'observa et attendit. À plusieurs reprises, elle respira profondément et il fut visible qu'elle recouvrait ses esprits. L'animal terrorisé faisait place à la femme. Elle ouvrit son sac, en tira un miroir, un poudrier et un tube de rouge à lèvres.

Elle disposa avec soin les plis de sa robe noire, effaça sur sa joue un point de suie de New York, poudra son nez et mit une touche de rouge sur ses lèvres. Elle était de taille moyenne, agréablement modelée et plaisante à regarder. Le détective Gonzalez ne manqua pas d'en prendre note. Il se rendit compte qu'il aurait du plaisir à converser avec elle – s'il en avait l'occasion – quand elle cesserait d'avoir peur.

– Et alors, comment vous appelez-vous ? Vous pouvez me dire votre nom.

– Sally Dillman, lui dit-elle.

– Sally Dillman. Très bien, Miss Dillman. Ainsi que je vous l'ai dit précédemment, je suis le détective Frank Gonzalez, du 19e District, en route vers mon travail. Vous aviez très peur de quelque chose. Voulez-vous me dire ce que vous redoutiez ?

Elle le regarda longuement. Ses yeux étaient graves mais dépouillés de toute crainte. Son regard était posé. Elle l'examina longuement, puis se pencha et le mit au courant.

– Quelqu'un va me tuer, lui dit-elle. J'ai cru que c'était vous.

Gonzalez l'examina attentivement. Ce fut alors qu'elle remarqua combien ses yeux étaient sombres et droite la ligne de ses sourcils. Il avait un léger accent qui la poussa à se demander s'il était américain. Dans tous les cas, il était new-yorkais, ce qui, à soixante-quinze pour cent, ne signifiait pas américain – du moins, c'est ce que pensaient la plupart des gens de sa ville natale. New York était une ville peuplée d'étrangers.

– Vous ne me croyez pas, dit-elle, consciente de la banalité de ses mots qui rappelaient le style de la télévision.

Gonzalez s'en rendit compte également.

– Que je vous croie ou non est sans importance. Il n'est même pas important que vous me disiez la vérité. Vous pensez que quelqu'un va vous tuer.

– Cela suffirait pour me rendre un peu folle.

Gonzalez haussa les épaules et sourit.

– Nous en sommes tous là. Nous sommes tous un peu fous, pas vrai ?

Il lui était, maintenant, sympathique, pour autant qu'elle se risquât à sympathiser avec quelqu'un et elle put lui retourner son sourire. Quelque chose s'était noué entre eux – un lien ténu. Du moins, cela faisait partie de la méthode de Gonzalez. On poursuit une personne, on la harcèle ; on essaye de lui venir en aide, on tente de la réconforter. Quel que soit le cas, il faut créer un petit lien. C'était là une des nombreuses choses concernant son travail auxquelles il pensait mais dont il n'avait jamais parlé à personne.

– Évidemment, dit-il. J'aimerais que vous me mettiez au courant. Qui, selon vous, tente de vous tuer ?

Elle secoua la tête.

– Quand ? reprit Gonzalez. Aujourd'hui ? Je veux dire, pensez-vous que quelqu'un cherche à vous tuer en ce moment même ?

Elle inclina la tête. De nouveau, la peur l'envahissait. Cette peur reprit possession de son corps, en effaçant le calme et le charme qui avaient fait impression sur Gonzalez.

– Est-ce le fait d'être assise ici qui vous effraie ? lui demanda-t-il.

Elle le dévisagea. Sa confiance s'était évanouie. Elle doutait de lui ; elle doutait de tout et, de nouveau, elle observait avec prudence tous ceux qui passaient à proximité.

– Du calme, Miss.... fit le détective. Le nom que vous m'avez donné ? C'est bien Dillon ?

– Non. D-i-l-l-m-a-n, Sally Dillman.

– Très bien, Miss Dillman. Je propose que vous veniez avec moi. Après avoir dépassé ce pâté de maisons, nous traverserons la 67e Rue et serons rendus au poste du 19e District. Vous savez ce que c'est, n'est-ce pas ?

– Pourquoi ne le saurais-je pas ?

– Eh bien, voyez-vous, vous n'êtes pas d'ici. Je ne sais d'où vous venez – mais peut-être votre ville n'est-elle pas découpée comme New York. Tout ce que je peux dire, c'est que nous allons nous rendre au poste de police, que vous y serez à l'abri et pourrez vous y sentir en sécurité. Êtes-vous d'accord ? Vous sentiriez-vous hors de danger en un tel lieu ?

Elle le regardait encore avec terreur.

– Bon, dit-il, je vais tourner cela autrement. Me croyez-vous ? Croyez-vous que je suis un policier de la ville de New York ?

Même cela ne lui parut pas aussitôt clair et sincère. Elle y réfléchit. Enfin, son regard s'apaisa, elle se détendit et lui dit alors qu'elle le croyait.

– Parfait. Ce n'est pas loin d'ici. Nous pouvons nous y rendre à pied ou bien, si vous le préférez, je peux appeler un taxi afin d'y aller en voiture.

Elle se leva et secoua la tête.

– Non, allons-y à pied. Le temps est beau et il ne me déplaît pas de marcher.

– Vous vous sentez mieux ?

– Oui, merci.

– Alors, nous allons nous mettre en route. Maintenant, que vous soyez en danger ou non – pour ma part, je n'y crois pas mais si vous, vous sentez en danger, c'est la seule chose qui compte : donc, marchez tout contre moi et si vous voyez quoi que ce soit qui vous donne à penser qu'un danger immédiat vous menace, est imminent, dites-le moi. Ne soyez pas timide. N'ayez pas peur. Et, surtout, n'allez pas vous figurer que je vous prends pour une folle.

– Merci, lui dit-elle, calmement.

Ils traversèrent la 5e Avenue, aboutirent, après un pâté de maisons, à la 67e Rue et tournèrent à gauche. Ils passèrent Madison, Park, Lexington et à mi-chemin vers la 3e Avenue, vers le haut de la rue, atteignirent un bâtiment de briques rouges, vieux et sale : le poste du 19e District. Tout le temps, Gonzalez avait surveillé la rue, les passants et elle-même. Après tout, se disait Gonzalez, notre monde est peuplé de gens agités, de gens mécontents, de gens souffrant de la faim, de gens armés de revolvers, de gens affligés de psychoses, de maladies, de gens déjà touchés par la mort.

Il secoua la tête et se rappela qu'il était un flic et non un philosophe. Et, en son for intérieur, il ajouta : « C'est en jouant les sacrés philosophes qu'on se met dans le pétrin. Crois-moi, laisse tomber la philosophie. Comme l'a dit Allan Perez, ce brillant homme de loi : " Tu feras honneur aux gens de ta race. " Alors, redresse-toi, Gonzalez et commence à faire honneur aux tiens. »

Une fois, en cours de route, elle fut prise de panique. Elle se raidit parce qu'un homme se tenait de l'autre côté de la rue et la regardait ou, du moins, semblait l'observer. Elle empoigna le bras de Gonzalez qui se retourna pour examiner l'homme.

– Tout va bien, dit-il. Continuez à marcher à mon côté. Si c'est quelqu'un dont vous avez peur, je me trouve entre vous et lui. D'accord ?

– D'accord.

– Alors, ça va. Soyez calme et naturelle.

L'homme ne bougea pas. Il demeura immobile sur l'autre trottoir et, quand Gonzalez se retourna, il avait cessé de regarder dans leur direction.

Gonzalez y pensa encore un peu tandis qu'ils arrivaient au poste de police. Il pensait à quelqu'un vivant dans un monde comme le leur où un meurtrier rôdait en liberté – un meurtrier déterminé, n'ayant que le crime en tête – et que ce fût un fait réel ou le produit de son imagination, il n'aimait pas cette idée et n'avait aucune envie de changer de place avec cette fille.

Ils pénétrèrent dans le poste. À droite, derrière un vaste bureau, était assis le sergent de service. Gonzalez lui fit un signe de tête.

– Est-ce que le patron est là ? lui demanda Gonzalez.

– En haut, lui répondit le sergent.

Deux hommes de patrouille entrèrent et les dépassèrent. Gonzalez lança un coup d'œil à la jeune fille. Elle se détendait maintenant. Elle examinait la plaque collée au mur en face du bureau. C'était un bref historique du poste du 19e District. On y lisait qu'il avait été construit en 1887 ; qu'un dénommé N. B. Bush en avait été l'architecte ; et qu'un autre homme, J. H. Brady, en avait été l'entrepreneur.

Le fait d'évoquer les temps passés de l'ère victorienne où furent édifiés de tels bâtiments, alors nouveaux de style, et de couleurs vives, accrut sa sensation de sécurité. La lecture de la plaque la réconforta et, soudain, Gonzalez sut qu'elle appartenait au corps enseignant. Il n'eût pu dire comment il l'avait deviné, mais il en fut brusquement convaincu. Peut-être était-ce dû à l'attention qu'elle avait accordée à la plaque murale ; peut-être à sa façon, maintenant détendue, d'examiner les lieux.

Il se la représenta, debout devant sa classe, en train de commenter à ses élèves cet incident aussi particulier qu'intéressant et leur décrivant ce bâtiment étrange, sale, bizarre, avec efficacité, précision et peut-être même une pointe d'humour.

Gonzalez ne put s'empêcher de lui demander :

– Vous êtes institutrice ?

– Comment l'avez-vous su ?

– Oh, juste une supposition. Maintenant, Miss Dillman, je désire que vous montiez parler à mon patron. C'est le lieutement Rothschild, le chef de notre équipe. C'est un homme très capable, qui prend toujours le temps de réfléchir. N'ayez pas peur de vous trouver dans un tel endroit, sinon nous vous croirons cinglée. Vous n'ignorez pas que nous vivons dans un monde assez particulier. Donc, qui est cinglé ? Qui peut dire d'autrui qu'il est cinglé ?

Elle sourit. Il fut heureux d'être parvenu à la faire sourire et, en montant l'escalier, il continua à l'observer et apprécia la façon dont elle examinait tout ce qui lui était nouveau. Il la sentait pleine d'une bonne et saine curiosité envers ce qui l'entourait, et qui eût pu s'exercer en maints autres lieux si seulement elle pouvait dominer sa peur.

Il l'introduisit dans le bureau des détectives. L'un d'entre eux, du nom de Burke, était assis à sa table. Il leva les yeux et adressa un petit salut à Gonzalez. La pièce était de taille moyenne, triste, éclairée par de faibles ampoules jaunes, meublée de quelques vieilles tables et couverte d'une épaisse couche de poussière. Ils franchirent une porte sur la gauche et pénétrèrent dans le bureau du lieutenant Rothschild.

Le lieutenant se tenait derrière un bureau en bois, banal, couvert d'entailles, dans une pièce de deux mètres cinquante sur trois qui contenait deux chaises et un classeur. Rothschild était sec, d'âge moyen, et atteint de dyspepsie. Ses cheveux s'éclaircissaient. À leur entrée, il abandonna le dossier qu'il étudiait et les examina avec une curiosité glaciale, si glaciale qu'elle semblait indiquer une absence totale de curiosité. Après les avoir scrutés, il admit leur présence comme s'il se fût agi de son vieux bureau, du papier peint qui se décollait sur les murs et de l'ampoule jaune au-dessus de sa tête. Les fenêtres étaient tellement crasseuse que, faute d'éclairage électrique, la pièce eût été plongée dans l'obscurité.

– Disposez-vous de quelques minutes, lieutenant ? lui demanda Gonzalez.

Rothschild inclina la tête et leur indiqua les deux chaises.

– Asseyez-vous, dit-il à Sally Dillman.

– Voici Miss Dillman. – Gonzalez fit les présentations. – Le lieutenant Rothschild, Miss Dillmann. Je l'ai rencontrée dans le parc et l'ai amenée ici. Elle a des ennuis.

Rothschild continuait à la dévisager.

– Quel genre d'ennuis ? demanda-t-il.

Elle ne répondit pas. Elle regarda Rothschild, puis Gonzalez qui comprit qu'elle se demandait comment elle pouvait bien se trouver là.

– Allons, Miss Dillman, lui dit Gonzalez, vous m'avez mis au courant de vos inquiétudes. Expliquez au lieutenant de quoi il s'agit. N'ayez pas peur.

Elle secoua la tête.

– Eh bien, c'est compréhensible, fit Gonzalez. Il lui est difficile de vous le dire. Elle pense que quelqu'un va la tuer.

Toutefois, elle était en éveil ; elle remarqua l'échange de regards entre Rothschild et Gonzalez. Ses lèvres se pincèrent. De son côté, Rothschild l'observait. Il s'adressa à elle.

– Miss Dillman, ce monde est vaste et peuplé des gens les plus divers. Je ne dis pas que vous êtes détraquée. Je ne dis pas, non plus, que personne n'essaie de vous tuer. Voulez-vous nous raconter votre histoire ?

– Je pense que vous devez nous mettre au courant, appuya Gonzalez. Je veux dire que c'est pour cela que nous sommes ici. Qui vous donne à penser que l'on cherche à vous tuer ?

Elle les regarda, alors, l'un et l'autre et inclina la tête.

– Si je vous le résume en quelques mots, il vous sera impossible de me croire. Cela n'a aucun sens. Voulez-vous que je vous détaille toute l'histoire ?

– Nous avons tout le temps, répondit Rothschild. Allez-y. Dites-la à votre façon et ne craignez pas de nous faire perdre notre temps. Si vous n'étiez pas ici, nous resterions à nous ronger les ongles, sans rien à faire.

– C'est très vraisemblable, dit Gonzalez. Croyez-moi, cela m'est déjà arrivé.

Il fut content de noter, de nouveau, qu'il avait la faculté de la faire sourire. Elle souriait maintenant.

– Soit, fit-elle, je vais vous raconter toute l'histoire, mais n'oubliez pas que c'est vous qui l'avez voulu.

– En fait, nous le désirons, dit Rothschild.

– Très bien.

Chapitre 3

Tandis que Sally Dillman leur faisait son récit, le détective Gonzalez le transposait et le vivait en esprit. Ce faisant, il regardait fréquemment Rothschild et se demandait quel crédit il accordait à ce récit. C'était difficile à savoir, car Rothschild avait passé de nombreuses années à se composer un masque impassible de joueur de poker. Rien, sur ses traits, ne pouvait donc indiquer s'il était indifférent ou s'il enregistrait mécaniquement, à la façon d'un flic écoutant la confession d'un criminel de peu d'envergure.

Rien, chez Gonzalez, n'était mécanique. Il avait le don de se composer, dans son esprit, des images pour lui seul et il était, maintenant, capable de se représenter la petite ville dans le haut de l'État de New York, brûlante au cours des mois d'été – presque étouffée entre son indolence et la chaleur – et, quelque part dans Main Street (sa grand-rue), un escalier montant au premier étage, le local d'un vieux médecin qui en savait beaucoup moins qu'il n'eût dû. Gonzalez pensa à des amis, à des parents, des jeunes gens qui avaient hanté sa propre jungle, et qui, maintenant, internes dans des hôpitaux, s'efforçaient de s'instruire en puisant dans le fonds pratiquement infini des connaissances que tout médecin doit posséder aujourd'hui. Le docteur Arthur Kaldish, dans son officine de Timmerville, devait être quelque chose d'entièrement différent.

Fasciné, Gonzalez écoutait Sally décrire comment ils l'avaient examinée et comment ils avaient fait l'examen de son sang, comment Kaldish, le praticien, et Oncle Jerry, le pharmacien, et Rita Saxon, l'infirmière, une femme osseuse et desséchée, s'étaient regardés les uns les autres, avaient échangé des signes de tête, pris des expressions chagrines et, finalement, s'étaient mis d'accord pour la faire revenir le lendemain.

Ensuite, elle leur dit qu'elle était revenue, comment elle avait monté les marches de bois menant au bureau du docteur Kaldish. Elle leur dit encore ce qui s'était passé dans le bureau du vieux médecin et comment il lui avait annoncé sa condamnation à mort.

– Comprenez-vous ? leur demanda-t-elle. Il faut que vous compreniez. J'entends par là que tout ce que j'ai fait ensuite vous paraîtra insensé si je ne puis vous faire sentir ce que j'éprouvais alors. Mais je crois que si je parviens à vous décrire dans quel état je me trouvais, la suite de mes actions vous semblera moins insensée qu'il ne paraît. Cela se passait en septembre – septembre dernier. Je ne me rappelle que peu de choses de ce mois. Il constitue un trou obscur, un vide dans mon existence. J'ai donné ma démission à l'école. Je n'ai fait à peu près rien d'autre que cela. Je me souviens, toutefois, que, pendant une semaine, je suis restée assise dans notre maison de Maple Street, à regarder les murs. Parfois j'allumais le poste de télévision. Mais, à cause de ce que j'éprouvais, il m'était impossible de suivre une émission ni d'aller au cinéma ou de faire quoi que ce soit de ce genre. Des garçons me demandèrent de sortir avec eux mais j'en était également incapable. J'ai maigri. J'avais rarement envie de manger. Je me sentais très, très mal et alors, j'ai essayé de m'habituer au fait que j'allais mourir et de l'accepter. Mais ce n'est pas quelque chose à quoi on puisse s'habituer et il est impossible d'arriver à une acceptation totale. Enfin, vers la fin de septembre, j'ai fait quelque chose. J'ai vendu la maison.

» Je pense que tout le monde, en ville, était au courant de ce qui m'arrivait, car, dans un petit trou comme Timmerville, aucun secret n'est respecté et chacun passe son temps à parler. Ce n'est pas que les gens en veuillent à qui que ce soit, mais il faut qu'ils bavardent et les racontars font leur chemin. Puis, enfin, je me suis rendue chez Spider[1] Maxton – c'est l'homme qui gère le salon de billard dans la 1re Rue. Je n'avais encore eu aucun rapport avec lui mais j'en avais entendu parler. Je suis allée à son établissement et j'ai demandé à le voir. Ils m'ont introduite dans une petite pièce qui était le bureau de Mr. Maxton. Je me rappelle ses yeux glacés et ses vêtements à la mode de Hollywood. Du moins, je crois que c'est ce style-là – avec des pantalons étroits aux poches en biais. Je me rappelle avoir entendu dire qu'il commandait ses costumes sur la côte Ouest. C'est drôle mais, en regardant en arrière, ce sont à peu près les seuls souvenirs qui me restent de lui. Nous avons donc parlé et il a mis les choses au point.

Gonzalez pouvait imaginer cette mise au point. Maintenant, elle n'était plus, pour lui, une étrangère. Elle avait relié Timmerville au 19e District, à New York. Spider Maxton constituait le trait d'union. On rencontre partout des types de son genre. Où que vous alliez, vous trouverez un Spider Maxton, le petit bonhomme derrière le décor. Il dirige une salle de billard ou possède un bar, ou bien il prend les paris sur les numéros ou contrôle une officine de bookmaker, ou encore écoule un peu de drogue. Il a le don

---

1. *Spider* : araignée.

d'ubiquité ; il est le brin d'une trame couvrant les États-Unis et son rôle est nettement délimité. Il constitue la marche qui mène à la marche suivante et ainsi de suite jusqu'au sommet.

Ainsi pensait Gonzalez tout en suivant les paroles de Sally. Il la voyait se présentant à Spider Maxton, lui disant qu'elle était Sally Dillman, institutrice et fille d'un mécanicien de locomotive, puis debout devant Maxton qui lui demandait :

– Eh bien, Miss Dillman, qu'est-ce qui vous amène ici ?

Sans aucun doute, elle était surprise de le voir utiliser le même langage que le sien. Elle avait dû s'attendre à rencontrer un étranger, un voyou insouciant. Mais ce n'était pas le cas ; elle se trouvait en présence d'un très petit *businessman*, soigneusement vêtu, et vaquant à ses affaires.

Et qu'avait-elle en tête.

Elle lui exposa, alors, le but de sa visite. Et, tandis qu'elle leur racontait cette partie de son histoire, Rothschild et Gonzalez échangèrent un rapide coup d'œil, l'écoutèrent en l'observant puis, à nouveau, ils se regardèrent.

Elle continua :

– C'est maintenant ce que j'ai de plus dur à vous dire – j'entends, la raison de ma visite et ce que j'avais mis au point dans ma tête. J'avais décidé de quitter Timmerville parce que je ne me sentais pas capable d'y vivre plus longtemps. Cela m'était absolument impossible et je pense que vous le comprenez. Je n'ai donc pas besoin, maintenant, de m'étendre sur ce point. Quand j'ai vendu notre maison de Maple Street, ainsi que tout ce qui restait de mon père, ma mère, ma famille et mon passé, j'étais prête à abandonner Timmerville. Il est vrai que je n'ai pas vendu le mobilier, non qu'il fût de grande qualité, mais vendre ce mobilier me semblait un geste trop définitif. Je l'ai placé au garde-meubles mais c'était purement symbolique. Cela ne signifiait pas que je reviendrais jamais le chercher, ni que j'y tenais ou lui attribuais une valeur quelconque. Je me rappelle le gérant du garde-meubles Green's et la façon étrange dont il m'a regardée. Je lui ai versé une provision de six mois et je crois qu'il faillit me demander ce qui se passerait au bout des six mois, mais il n'en a rien fait. Dans tous les cas, en esprit, j'avais déjà quitté Timmerville. Je m'en étais libérée.

» Je savais qu'il me restait encore quelques mois à vivre. J'avais envie d'aller à New York. J'avais l'idée de m'installer, du moins pendant quelque temps, dans un très grand, très bon hôtel et de mener la grande vie – vous voyez ce que je veux dire : aller partout, enfin agir comme le ferait le personnage d'un film tourné à Hollywood. Vous saisissez. Je crois avoir vu souvent au cinéma ou à la télévision ce scénario dans lequel une personne se sait condamnée à mourir d'un cancer ou d'une autre maladie et décide de vivre somptueusement ses derniers jours. Évidemment, c'est faux ; je sais que c'est faux. Il est impossible d'attendre dans la joie la venue de sa mort. C'est pourquoi j'ai été voir Spider Maxton et lui ai exposé mon désir.

Elle marqua un arrêt. Après un moment, Rothschild rompit le silence en lui demandant :

– Que désiriez-vous ?

– Je voulais qu'il m'indique, à New York, un homme que je pourrais louer pour tuer quelqu'un.

– Voudriez-vous répéter ce que vous venez de dire ? fit Rothschild.

Elle leur lança un regard empreint d'une nouvelle forme de peur. Gonzalez secoua la tête et lui sourit. Il devinait. En avance sur elle, il connaissait la suite et se disait : « La sorte de choses que font ces " Anglos ", que Dieu leur vienne en aide ! »

Ce ne lui était pas habituel. Il n'employait pas ce mot « Anglo » sauf en de rares cas – il ne l'aimait pas.

Ce n'était pas un terme new-yorkais mais originaire de la côte Ouest du Mexique et il ne l'aurait pas utilisé en temps normal. La seule chose qu'il put trouver à se dire fut « Mon Dieu. S'il y a un Dieu, qu'Il prenne en pitié ces pauvres... pauvres bâtards. »

Mais il l'observait toujours et il n'était pas dans sa nature de penser à elle en de tels termes. Il prit la parole.

– Tout va bien, Miss Dillman. Continuez. Dites tout au lieutenant.

– Vous faites de la transmission de pensée ? lui demanda brutalement Rothschild.

– Laissez-la parler, lieutenant, voyons. Laissez-la s'expliquer. Alors, vous avez été voir Spider Maxton, continua Gonzalez. Et vous lui avez dit que vous veniez louer ses services pour qu'il tue quelqu'un pour vous.

– Non, ce n'est pas exactement cela. Je voulais qu'il m'indique quelqu'un qui, eh bien, quelqu'un à New York que... qui puisse me dire comment m'y prendre pour engager un tueur.

– Et ce Spider Maxton l'a fait, comme ça, tout simplement ? Il vous a dit : « O.K. Miss, vous voulez un contrat avec un flingueur new-yorkais. Je vais vous mettre en rapport avec notre bureau de New York », gronda Rothschild.

– Rien d'aussi simple. Rendez-vous compte...

– Il le fait, murmura Gonzalez. Continuez, s'il vous plaît.

– Spider Maxton connaissait mon cas. Timmerville est une si petite ville. Rien ne peut demeurer secret dans un trou pareil. Il a une fille, une pauvre enfant, un peu demeurée. Je l'avais dans ma classe et j'ai été gentille avec elle. Je pouvais donc lui demander un service...

– Un meurtre ? aboya Rothschild.

– Non, non...

– Pourquoi ne vous êtes-vous pas tuée vous-même si vous n'aviez pas le courage de faire face ? demanda brutalement Rothschild. Pourquoi aller imaginer ce topo insensé de louer un tueur !

– Pensez-vous que, vous-même, tiendriez le coup ? fit Gonzalez au lieutenant. Lisez donc, ce soir, un traité sur la leucémie. Prenez seulement la peine de découvrir ce qu'une personne endure avant de mourir.

– Comment le savez-vous ?

– Parce qu'il se trouve que je le sais. Parce que j'ai eu une cousine leucémique et que j'ai dû suivre l'évolution.

– Ça va, ça va, coupa brusquement Rothschild.

– J'ai pensé à me tuer, reprit-elle. J'y ai pensé sérieusement, Mais j'ai reçu une certaine éducation et il se peut que la religion ne signifie rien tant qu'on n'en est pas venu là – et je n'ai pu m'y résoudre. Peut-être avais-je peur ? je l'ignore. Mais je ne pouvais pas me tuer. J'ai pris la fuite. Je voulais cesser de penser à ma... à la leucémie. Il me fallait donc trouver une autre facon de mourir. Mais il fallait que je quitte Timmerville. Je suis allée à la banque où j'avais un compte – tout ce que j'avais tiré de la vente de la maison et de l'assurance de mes parents et cela faisait une grosse somme. Près de vingt-cinq mille dollars, que j'ai fait virer à la Chase Manhattan Bank de New York. Puis j'ai coupé les ponts avec Timmerville. Je n'ai même pas informé le docteur Kaldish de mes intentions, car, voyez-vous, devant la mort, on ressent une sorte de liberté, de liberté terrible, désespérée, comme on n'en a jamais connue au cours de toute sa vie. Alors, j'ai rempli mes deux valises. Les gens du garde-meubles avaient pratiquement tout emporté. Il ne restait plus que quelques robes et manteaux qui ne pouvaient tenir dans les valises. Je les ai simplement laissés dans le placard. J'ai appelé un taxi et lui ai demandé de me conduire à l'aéroport de Rochester. Quand le chauffeur m'a dit combien cela allait me coûter, je lui ai répondu que c'était sans importance. C'était exactement ce que je ressentais. Le prix des choses m'était indifférent. Je partais. Je partais pour de bon – pour toujours.

– Et Spider Maxton, coupa froidement Rothschild. Si vous nous disiez un peu quelle fut sa réponse.

– Oui. Il m'a indiqué où m'adresser, mais je n'en suis pas encore là.

– Le principal est que vous ne l'oubliiez pas, dit Rothschild.

– Elle ne l'oubliera pas, intervint Gonzalez. Ne pouvez-vous la laisser tranquille ? Ne peut-elle vous raconter son histoire à sa façon ?

Le visage de Rothschild se ferma et il attendit en silence.

– Oui, enchaîna-t-elle. Spider Maxton m'a donné le nom d'un homme. Je suppose que c'est le point le plus important puisque c'est la raison pour laquelle je suis ici. Mais je veux vous exposer les faits à ma manière. Sinon, cela devient une histoire de fou alors que les choses sont simples. J'ai pris l'avion jusqu'à New York puis j'ai dit à un taxi de me conduire à l'Hôtel St. Regis. Je m'y suis inscrite et y ai loué un appartement à soixante-dix dollars par jour. C'était tellement cher que j'en ai été terrifiée. Ils m'ont dit que, si je restais un mois, ils me feraient le prix mensuel de deux mille dollars. C'était encore une somme énorme, mais cela m'était indifférent ; je veux dire que deux mille dollars étaient sans importance pour moi. J'ai passé au St. Regis un jour et une nuit, une nuit au cours de laquelle je n'ai pu fermer l'œil, que j'ai passée à réfléchir. Je me suis rendu compte, alors, que j'avais bien fait d'aller voir Spider Maxton et qu'il me fallait prendre contact avec l'homme dont il m'avait donné le nom. Joey Compatra, le propriétaire d'un gymnase au coin de la 8e Avenue et de la 53e Rue – il s'appelle le Gymnase – École de Sports de Joey – des boxeurs viennent s'y entraîner.

» J'ai attendu jusqu'à dix heures du matin pour descendre en ville et j'ai suivi la 8e Avenue où j'ai trouvé l'emplacement du gymnase. Des hommes y étaient déjà, vêtus de caleçons et de maillots. Les uns sautaient à la corde, d'autres cognaient dans des sacs ou boxaient contre leur ombre. Je ne sais pas si vous connaissez cette salle mais, au milieu, il y a un ring. À l'autre bout, près du mur, se tenait un petit homme gras qui fumait un cigare. J'ai demandé à cet homme au cigare s'il savait où je pourrais trouver Joey Compatra. Il m'a dit que c'était son nom et m'a demandé ce que je lui voulais ? Je lui ai expliqué que je venais de la part de Spider Maxton pour une question d'affaires. Il m'a dit, alors, de venir avec lui dans son bureau. Je l'ai suivi et il a fermé la porte derrière nous, à sa demande, je lui ai exposé qui j'étais, d'où je venais et l'ai informé que je pouvais payer un bon prix – que je voulais engager un tueur pour tuer quelqu'un.

– Comme ça, tout simplement, articula Rothschild lentement, avec emphase. Vous lui avez dit que vous vouliez engager un tueur, pour tuer quelqu'un.

– Oui.

– Parfait, Miss Dillmann. Et qui vouliez-vous faire tuer par votre tueur à gages ?

– Moi. Je voulais qu'il me tue. J'ai eu du mal à le persuader. J'ai dû lui fournir des explications. Mais, enfin, je l'ai convaincu et il m'a donné son accord. Alors, je suis entrée dans les détails et je lui ai remis trois photos de moi pour qu'il soit possible de me reconnaître.

– Veuillez reprendre le passage, lui demanda Rothschild, d'une voix aigre.

– C'est pourtant clair, n'est-ce pas ? lui dit Gonzalez. Bon Dieu, lieutenant, ne comprenez-vous pas ? Elle a engagé un malfrat pour qu'il la tue.

– Pourquoi ? hurla Rothschild. Pourquoi, par tous les diables...

Et il se tut. Tous deux restèrent à la dévisager. Elle inclina la tête.

– C'est exact, dit-elle. Je ne pouvais rester ainsi à attendre la mort. Je me suis donc dit que, selon le docteur Kaldish, il me restait encore quatre mois ; ce qui signifiait que je devais mourir au cours du mois d'avril ; à moins que je ne meure avant. Sans savoir pourquoi, je ne me voyais pas disparaître plus tôt. Sachant que cela se passerait en avril, j'ai choisi la date d'aujourd'hui, mercredi 6 avril, et je me suis dit : « Ce sera le jour de ma mort. Ou bien, je serai si près de la fin que j'aurai bien choisi ma date – aujourd'hui – qui en vaut une autre, et j'aurai, alors, fait tout ce que j'aurai eu envie de faire. » Évidemment, cela ne paraît pas très sensé, ni réel, n'est-ce pas ?

– Cela sonne vrai, dit Gonzalez, et sensé. Il se peut que je comprenne votre façon de penser. Peut-être même suis-je passé par là. Peut-être en a-t-il été de même pour chacun, à une époque ou à une autre.

Rothschild se taisait.

– Enfin, dans tous les cas, telle était mon idée et je ne pouvais attendre. J'ai versé trois mille dollars à Compatra. Il m'a dit qu'il était d'accord et qu'il allait engager quelqu'un. Il m'a dit aussi qu'il serait préférable pour tous que j'ignore qui serait l'homme, qu'ainsi, je me sentirais mieux et plus heureuse et qu'à un moment, au cours de cette journée, je serais tuée, sans savoir où ni quand. Après quoi, je suis partie et les choses en sont restées là.

– Je n'en crois rien, fit Rothschild.

– Croyez-la, lieutenant, plaida Gonzalez.

– Je vous dis que je n'en crois rien !

– Pourquoi pas ? lui demanda Gonzalez. Elle nous dit la vérité. Pensez-vous qu'elle nous mente ?

– Je ne le pense pas, répondit Rothschild. Tout simplement, je ne crois pas son histoire – mais, ça va, il est des tas d'autres choses auxquelles je ne crois pas. Est-ce tout, Miss Dillman ? N'avez-vous rien à ajouter ? Quand cela s'est-il passé ?

– Fin novembre.

– Bon. Entre la fin de novembre et maintenant qu'est-il arrivé ?

– Ne pouvez-vous l'imaginer, leur demanda-t-elle. J'étais venue à New York pour plonger dans le grand, magnifique, merveilleux tourbillon. Sachez donc qu'il n'y eut pas, pour moi, de grande vie merveilleuse. J'ai passé jour après jour assise dans ma chambre. Parfois, je sortais prendre un peu d'exercice, j'essayais de me composer un programme, mais en vain. Je regagnais ma chambre et y demeurais. Au début, je prenais régulièrement ma température. J'avais un peu de fièvre et mal à la gorge. Les symptômes étaient ceux que le médecin m'avait laissé prévoir. Puis, j'ai cessé de surveiller ma température et j'ai laissé aller. Et le temps a passé – sans que je m'en rende compte.

» Un jour, après ces premières mortelles semaines, j'ai entrepris de me forcer à sortir, à aller au cinéma. Mais cela ne voulait rien dire, car j'étais incapable de concentrer mon attention sur l'écran. J'ai pris, alors, des tas de billets de théâtre, et, tous les soirs, presque tous les soirs, j'ai été au théâtre. Tout ce que je pouvais y faire était d'y rester assise, à penser que j'étais déjà morte et à me demander pourquoi j'essayais de me persuader que j'étais encore en vie.

» Je me rappelle que ce fut particulièrement terrible à Noël. Ce fut la pire période. Après Noël, vers la fin de janvier, j'ai soudain cessé de me tâter et de me tracasser. Je ne prenais plus ma température et mon mal de gorge avait disparu, sans que j'y pense, sans même que je m'en rende compte. Comme ça. Puis, arriva un jour, il y a trois ou quatre semaines. Une de ces merveilleuses journées de mars, quand le vent froid souffle et que le ciel est pur et bleu comme de la glace. Je me levai, le matin, je regardai par la fenêtre et, pour la première fois, cette affreuse dépression disparut. Je me sentais vivante et je me dis : « Peu importe de mourir au cours des prochaines dix heures. Je suis, maintenant, en vie et heureuse. » J'ai passé un ensemble et je suis sortie. Au début j'ai eu un peu froid, mais j'ai marché à bonne allure et je me suis réchauffée. J'ai traversé le parc entièrement, en direction de l'ouest, puis j'ai encore marché jusqu'à la 59e Rue et je me sentais bien, j'avais chaud, des couleurs aux joues et je transpirais un peu. Ce fut alors que, soudain, je compris que je n'étais pas malade – plus malade du tout. Je me suis remise en route, à travers la ville et je ne cessais de me dire : « Je ne suis pas malade. Personne, dans mon état actuel, ne peut être malade – ne peut être sur le point de mourir. »

» Je connaissais l'hôpital du Mont-Sinaï parce que, la veille, j'avais lu un article où il en était question. Je m'y suis rendue et j'ai dit à l'infirmière que je désirais être examinée par un médecin. Elle m'a demandé si j'avais pris rendez-vous et je lui ai répondu que non, mais que c'était terriblement important pour moi. À la fin, je suis arrivée à la persuader et elle m'a envoyée dans un autre bâtiment, chez le docteur Kaplan. J'ai dû attendre un moment et, quand il m'a reçue, je lui ai raconté toute mon histoire, telle que vous la connaissez, mais sans parler du tueur à gages.

» Il m'a minutieusement examinée, puis nous avons parlé. Il m'a posé beaucoup de questions sur la consultation du docteur Kaldish, sur ce que je ressentais, sur mes parents et mes réactions à leur mort, puis il m'a dit : “ Eh bien, Miss Dillman, restez maîtresse de vous-même car j'ai quelque chose de très important à vous faire savoir. Donc, gardez tout votre calme, asseyez-vous et écoutez-moi. ” Et il a continué : “ Sachez, Miss Dillman, que je n'ai pas l'intention de blâmer le docteur Kaldish. Je n'accuse pas votre médecin de bêtise ni d'aucune faute professionnelle. Il a commis une erreur compréhensible. Il arrive parfois que les symptômes de la mononucléose infectieuse et de la leucémie monocytique soient tellement semblables que seuls des examens très minutieux et très poussés en laboratoire peuvent permettre de les différencier. Même une ponction ne permettrait pas d'arriver à une certitude. En d'autres termes, je vous assure que vous n'êtes pas atteinte de leucémie. Vous ne l'avez jamais été. Vous avez eu, évidemment, une mauvaise mononucléose infectieuse, maintenant entièrement guérie. Vous êtes une des jeunes femmes les plus saines que j'aie rencontrée depuis de longs mois ! ”

» Voilà donc toute mon histoire. J'avais appris que je ne devais pas mourir. Mais, quand je suis retournée chez Joe Compatra, il était absent et il n'y avait personne pour me dire où le joindre. Et, comme j'ignore qui est le tueur, j'en suis à me demander si le docteur Kaplan m'a vraiment rendu la vie. Peut-être vais-je mourir de toute façon.

Chapitre 4

En ayant terminé, elle demeura immobile sur son siège à les regarder. Puis elle se mit à pleurer et Rothschild prit la parole.

– Allons, il ne sert à rien de pleurer maintenant, Miss Dillman. Vous nous avez raconté votre histoire. Il s'agit d'y réfléchir et de voir ce que nous pouvons faire.

Gonzalez avait dans sa poche un mouchoir propre, soigneusement plié. Sa mère repassait ses mouchoirs avec l'amour qu'elle eût consacré à une œuvre d'art. Il sortit ce mouchoir propre et le tendit à Sally Dillman. Tout en s'essuyant les yeux, elle murmura :

– S'il vous plaît, pourriez-vous me donner une cigarette ?

Rothschild avança son paquet. Gonzalez remarqua les doigts jaunis de nicotine et s'en voulut de n'avoir pas deviné combien, à ce moment-là, elle pouvait avoir besoin de fumer. Pour lui, par principe, il n'appréciait pas de voir fumer les jeunes femmes mais, en raison de ce qu'elle avait traversé, il était prêt à lui pardonner. Lui pardonner ! « Mais qui diable es-tu donc, se demanda-t-il avec colère, pour exiger ou pardonner n'importe quoi ? » Ayant séché ses yeux, elle les remercia l'un et l'autre, Rothschild pour la cigarette, Gonzalez pour le mouchoir.

Gonzalez ne put résister à l'envie de déclarer :

– Je la crois ! – Ce faisant, il lança un regard belliqueux à Rothschild qui se contenta de hausser les épaules. – Peut-être, poursuivit Gonzalez avec colère, ignorez-vous qu'une jeune femme comme celle-ci n'a qu'à sortir pour louer un pistolet ? Aussi simple que ça ! On loue un tueur comme on louerait un taxi. Eh bien, je vous le déclare, moi, dans votre ville pourrie, c'est possible.

– Ma ville ?

Rothschild eut un mince sourire.

– C'est possible ! Je connais au moins dix flingueurs pouilleux, dans notre seul district, tout prêts à louer leurs services. Évidemment, elle peut louer un tueur. Alors, qu'est-ce que vous ne croyez pas ?

– La question n'est pas que je la croie ou non, répondit Rothschild. Vous la croyez. Je la crois. Pourquoi ne la croirais-je pas ? La stupidité n'est pas une chose que l'on puisse mettre en doute. L'ensemble de la race humaine souffre de cette maladie particulière. Elle est épidémique et toujours de saison.

– Je ne pense pas que c'était stupide, dit Gonzalez. Voyez la menace qui pesait sur elle.

– Je connais cette menace. – Rothschild se tourna vers Sally. – Qu'en pensez-vous, maintenant, Miss Dillman ? Était-ce stupide ou non ?

– Il me semble que ce fut stupide.

Elle hocha la tête d'un air désabusé.

– Je maintiens que... commença Gonzalez, et Rothschild secoua la tête avec impatience.

– Stupide ou non, là n'est pas la question : l'important, c'est qu'elle s'est payé un tueur. Ce qui compte maintenant, c'est de savoir à qui cette pourriture de Compatra a confié ce contrat – où est cet homme et où est Compatra.

– Où était, je crois, fit sèchement Gonzalez.

– Était ? Qu'entendez-vous par « était » ?

– Elle a dit qu'elle n'avait pas pu le trouver. – Et, se tournant vers Sally : – Que s'est-il passé, Miss Dillman ? Vous avez cherché à le joindre ? Qu'avez-vous fait ? Vous êtes retournée au gymnase.

Elle confirma.

– Vous vous êtes renseignée auprès des gens, là-bas ? Que se passait-il dans le gymnase ? Y travaillait-on comme d'habitude ?

– Non. Il n'y avait personne, à part un vieux bonhomme. Quand je suis arrivée, il était en train de donner un coup de balai. Il m'a dit que la salle était fermée jusqu'à nouvel ordre. Je lui ai alors demandé où était Compatra. Il n'en savait rien.

– C'était lors de votre seconde visite, fit Gonzalez. Vous étiez venue avant, n'est-ce pas ?

– Oui, c'était bien la deuxième fois.

– Et lui avez-vous demandé, je veux dire, avez-vous insisté ou, simplement, laissé tomber.

– Je ne sais pas m'y prendre pour faire parler les gens. Je suppose que je suis tout juste bonne à faire du gâchis. J'ai tout gâché, n'est-ce pas ? Qu'il s'agisse de vie ou de mort. Je ne pourrai même pas mourir décemment.

– Maintenant, écoutez-moi bien, dit froidement Rothschild de sa voix nasale et râpeuse, sur un ton impatient. Je n'ai pas le temps de vous plaindre. Si vous voulez vous attendrir sur votre sort, c'est votre affaire. Notre travail consiste à découvrir si le contrat vous concernant doit être honoré et à voir ce que nous pouvons faire. Je ne veux pas que vous soyez tuée. Je suppose que c'est mon métier qui l'exige. Nous, les flics, n'aimons pas que les gens se fassent tuer stupidement sur notre territoire. Il est vrai que vous résidez actuellement au St. Regis, mais c'est vous qui êtes venue nous raconter votre histoire – et qui provoquez notre mal de crâne. Maintenant, parlons de Compatra.

– Il se tourna vers Gonzalez. – Frank, savez-vous quelque chose à son sujet ?

– Peut-être est-il mort, répondit tristement Gonzalez.

– Que voulez-vous dire ? Peut-être est-il mort ?

– On a apporté un macchabée hier, dit Gonzalez. On l'a mis au frigo. Un des gars du bas de la ville a cru reconnaître Compatra. Nous n'en sommes pas encore certains. Compatra était un drôle de type. D'après ce que j'ai entendu dire, c'était le plus grand spécialiste en contrats de toute la ville. Il avait magnifié l'assassinat. Il en avait fait un métier sérieux et un travail à peu près aussi respectable que celui de tueur dans un abattoir. On dit qu'il aurait voulu lui donner une forme légale.

– Travaillait-il seul, interrogea Rothschild, ou faisait-il partie du Syndicat ?

– Moitié-moitié, peut-être, répondit Gonzalez. Je n'en sais rien et je ne sais pas davantage si je le découvrirai jamais. En fait, il était le trait d'union entre les deux partie des contrats. Il est évident qu'il a commis une irrégularité et qu'un des flingueurs l'a liquidé. Si c'est Compatra qui est à la morgue – les copains là-bas le croient, mais nous ne possédons pas ses empreintes digitales. C'est assez drôle, un type comme Joey Compatra, qui a peut-être quarante, cinquante meurtres sur le dos – sur la conscience, s'il en a jamais eu une – et nous n'avons rien sur son compte, pas de fiche, pas d'empreintes, rien. Cela donne à réfléchir, n'est-ce pas. Du travail policier bâclé, si vous voulez mon avis.

– Allez au diable avec vos critiques. Qu'est-il arrivé à Compatra ? Est-il mort ou est-il vivant ?

– Eh bien, ils ont ramassé le type en question la nuit dernière. Il avait trois balles dans la peau – les trois dans le cœur – du tir de haute précision. Un petit bonhomme gras. Quand on l'a trouvé, il était entièrement déshabillé. Absolument nu. Ils n'ont pas encore pu l'identifier.

– Où sont passés les boxeurs qui venaient s'entraîner chez lui ? Que sont devenues toutes les gouapes qui hantaient son gymnase ? Qu'essayez-vous de me faire croire – qu'il est impossible d'identifier un cadavre, s'il s'agit de Compatra ?

– Ça m'en a l'air.

– Eh bien, à moi, ça a l'air stupide. Attendez une minute, Frank. – Il se tourna vers Sally Dillman. – De toute facon, mon petit, à partir de maintenant, vous devrez faire face à de nombreux problèmes. Qu'en pensez-vous ? Pouvez-vous aller à la morgue en compagnie du détective Gonzalez, examiner ce cadavre, et nous dire si c'est Compatra ? De toute façon, il sera identifié tôt ou tard, mais je tiens à ce que cette identification soit effectuée dès que possible. Je veux établir certains points et pouvoir aller de l'avant. Croyez-vous avoir assez d'estomac pour le faire ?

– Je le pense, répondit Sally d'une voix faible.

– Très bien. Nous allons tenter notre chance. Frank, je vous la confie. Vous êtes le seul célibataire de l'équipe. Et je tiens à ce que vous le restiez. Je veux que vous vous teniez bien – ne me regardez pas comme ça. Je veux que, jusqu'à nouvel ordre, vous ne la quittiez pas.

– Jour et nuit ?

– Exact. Jour et nuit, à partir de maintenant. Vous allez faire des heures supplémentaires. Vous trouverez un endroit où dormir. Vous êtes toujours à l'Hôtel St. Regis, Miss Dillman ?

– Oui, toujours.

– O.K. Voici, Frank, comment j'envisage notre plan. Allez-y et voyez si l'on peut identifier le macchab avec l'aide de cette jeune personne. J'ai l'impression que, de toute façon, Compatra est mort. Un gars mêlé à un tel *business* doit s'attendre à crever à tout moment. Allez-y pourtant et voyez si la petite peut l'identifier. Ensuite, examinez tout ce qu'on a pu trouver sur lui – non, vous m'avez dit qu'il était nu comme un ver. Merde ! Ensuite, essayez de fouiller son bureau. Mais je ne veux pas que vous y alliez seul. Maintenant, en ce qui concerne notre Miss Dillman, nous ne parlerons plus de ce qui est bien ou mal, nous allons présumer que Joey Compatra a conclu un contrat pour elle. Nous supposerons, également, que l'homme, quel qu'il soit, chargé de remplir ce contrat, ignore que Miss Dillman paie, de son argent, sa propre exécution.

– Vous ne pouvez pas en être sûr, rétorqua Gonzalez.

– Allons donc, même Compatra n'est pas assez stupide pour louer un flingueur sur une telle base. Son gars, lui-même, pourrait deviner qu'il y a une combine, que c'est une histoire de fou. Avec toutes mes excuses, Miss Dillman, ça a bien l'air d'une histoire de fou. Nous devons donc présumer que Compatra n'a pas dit à son flingueur qui fournissait l'argent du contrat. Présumons aussi que Compatra n'a pas été assez idiot pour enregistrer tout cela, donc nous ignorons le nom du tueur et ne saurons rien de lui tant qu'il n'aura pas bougé. Sommes-nous d'accord ?

Gonzalez réfléchit pendant un bon moment, mais, plus il réfléchissait, plus toute l'affaire lui apparaissait déplaisante, irrationnelle et cauchemardesque. Il regardait Miss Dillman et, sans cesser de l'observer, il inclina la tête et dit :

– D'accord avec vous, lieutenant. Il n'y a pas d'autre façon d'envisager le problème. Toutefois, sortons-la d'ici et cherchons un endroit où elle soit en sûreté.

– Ouais. Où sera-t-elle en sûreté ? demanda Rothschild. Si vous me le disiez ? Et vous même, Miss Dillman, avez-vous une idée ?

– Je ne sais pas, l'interrompit Gonzalez. Quelque part – peut-être sur la côte Ouest – peut-être dans sa ville d'origine.

– D'abord, dit Rothschild, nous ne pouvons pas contraindre les gens à fuir. Ce serait du sale travail de police. Ensuite, comment diable pourra-t-elle vivre où que ce soit dans ce pays avec la pensée constante qu'un tueur rôde autour d'elle, engagé par contrat pour la descendre ? Il ne sait pas, lui-même, dans quoi il est lancé. Il sait seulement qu'on lui a fourni un nom et qu'il doit frapper, tôt ou tard, en quelque foutu lieu qu'il ignore, faute de quoi, c'en est fait de sa réputation... d'intégrité, si je puis dire. Ai-je raison ? – Il pointa un index raidi vers Gonzalez. – Réfléchissez un moment, Frank, et dites-moi si j'ai tort ou raison ?

Gonzalez se força à se concentrer et, tout en pensant, il observait Miss Dillman qui, après les avoir regardés, l'un et l'autre, soupira.

– Mon Dieu, je suis navrée, tellement navrée. Tout cela est ma faute, n'est-ce pas ? C'est moi qui suis responsable de tout.

– Votre faute n'entre pas en jeu, lui répondit Rothschild, et j'estime que rien ne concerne votre responsabilité, Miss Dillman. Quel que soit celui qui a monté cette affaire de location de tueur, ce n'est aucun d'entre nous, dans cette pièce, ni aucun membre de mon personnel. Ce commerce a été mis en route depuis longtemps déjà, il nous a valu un bon nombre de mauvaises années et il continue à se développer. Il est préférable de ne pas s'étendre sur ce sujet. Quand un flic commence à philosopher, il n'est plus capable d'être un bon flic. Alors, qu'avez-vous à dire, Frank ? demanda-t-il à Gonzalez.

– Je ne sais pas. Plus j'y pense, plus tout me paraît s'embrouiller. Mais il me semble que c'est à Miss Dillman de nous donner la réponse. Nous ne pouvons nous servir d'elle comme pigeon. Nous ne pouvons l'attacher au pied d'un arbre pour jouer la chèvre du chasseur blanc. Nous ne sommes pas des grands chasseurs blancs. Nous sommes des flics et rien d'autre. Et, dans le cas présent, nous n'avons d'obligations envers personne à part Miss Dillman.

– Nous avons une obligation envers nous-mêmes, rétorqua Rothschild – et envers notre métier. Il se peut que ce soit un sale métier. J'ignore ce que vous en pensez, Frank, mais je vous classe dans la catégorie des bons flicards et vous devez vous rendre compte que c'est un boulot dégueulasse. Mais qu'il soit dégueulasse ou non, nous sommes obligés de le faire.

– Je maintiens, dit Gonzalez, têtu, que nous avons une obligation envers Miss Dillman. Tout dépend de vous. – Il fit face à la jeune femme. – Qu'en pensez-vous, Miss Dillman ? Que voulez-vous faire ? Nous pouvons vous faire sortir de la ville. Nous pouvons vous mettre dans un avion. À vous de décider.

– Pour aller où ? lui demanda-t-elle. Vous savez que je me suis déjà sauvée une fois, mais il est impossible que l'on puisse échapper à la mort. Sachez, détective Gonzalez, que j'apprécie grandement votre désir de vous en remettre à ma décision, mais je n'en prendrai aucune qui risque de vous créer des difficultés, à vous et au lieutenant Rothschild. Une fois déjà, j'ai fui devant la mort. Je serais incapable de recommencer.

– Vous savez la possibilité qui nous reste ? s'enquit Gonzalez.

– Je peux deviner. – Elle avait entièrement recouvré son sang-froid. Elle ne tremblait plus et n'était plus effrayée. – Je pense – je n'en suis pas sûre – que je pourrai aller jusqu'au bout sans avoir trop peur. Il faut que vous découvriez le tueur. Il vous faut vous servir de moi pour le trouver car s'il ne me tue pas, il tuera quelqu'un d'autre.

– C'est exact, dit Rothschild.

– En d'autres termes, reprit Sally, je dois être exposée comme une sorte de cible, comme la chèvre dont parlait le détective Gonzalez, pour servir d'appât au tueur et, quand il sortira son arme, vous essayerez de me protéger.

– C'est un euphémisme, Miss Dillman, s'exclama Gonzalez. Que veut dire « essayer de vous protéger » ? Personne ne peut vraiment protéger quelqu'un de la mort. Si un homme se met en tête de tuer le président des États-Unis, s'il est bon tireur et bien entraîné, je doute que personne puisse protéger le président, à moins qu'on ne l'enferme dans la Maison Blanche, toutes les portes verrouillées, et entouré d'une garde en armes. Donc, Miss Dillman, lorsque vous dites que nous essaierons de vous protéger, vous devez comprendre exactement ce que nous entendons par là. Nous ferons tout notre possible. C'est tout.

Sally Dillman inclina la tête.

– Je crois que je comprends. Je crois avoir saisi presque exactement ce que cela signifie et les conséquences qui peuvent en découler. Voulez-vous que j'y réfléchisse un petit moment ?

– C'est cela, réfléchissez-y un peu, opina Rothschild.

Elle se concentra tandis qu'ils l'observaient. Elle s'était penchée en arrière – peut-être sans avoir fermé les yeux, mais les paupières baissées. Gonzalez, en étudiant ses traits, s'efforçait de se rappeler son récit. Il se demandait ce qu'elle ressentait, tandis qu'elle se posait la même question à leur sujet. Mais la curiosité était plus forte de la part de Gonzalez. Elle était pour lui une personne difficile à comprendre. Elle était étrangère, très différente de lui. Et, inexplicablement, elle lui devint familière.

Enfin, elle prit la parole, avec douceur et gentillesse, comme le ferait une institutrice répondant à une question posée par un des enfants de sa classe.

– J'ai tout bien pesé et ma décision est prise. Je ne veux pas me sauver.

– Très bien, dit Rothschild. Voilà toujours un point de réglé. Je suis heureux, Miss Dillman, que vous ayez fait cette réponse. Autrement, vous n'auriez jamais pu dormir en paix durant toute votre vie. Maintenant, je vais vous affecter le détective Gonzalez. C'est un homme bien. Il est très rusé mais cela ne l'empêche pas d'être un type bien. Il restera tout le temps avec vous.

Je voudrais pouvoir dire « trois hommes vont veiller sur vous, chacun pendant huit heures par jour ». Mais cela m'est impossible. Je n'ai pas l'ensemble de la police de New York sous mes ordres. Nous avons un nombre limité d'agents et, malheureusement, ils ont déjà beaucoup trop de travail. Donc, pour le moment, vous aurez le détective Gonzalez.

– Que vais-je dire à ma mère ? demanda Gonzalez.

– Votre mère, gronda Rothschild. Arrivé à trente-deux ans, il vient me demander ce qu'il doit dire à sa mère. Damnés « Ricanos », je ne vous comprends pas et ne vous comprendrai jamais. Il y a un téléphone à côté, sur votre bureau. Appelez votre mère, racontez-lui ce qui vous passera par la tête, ensuite, emmenez Miss Dillman et tâchez de réussir cette identification. Et, par Dieu, pour vous, cela peut être la grosse affaire, comme vous pouvez vous y casser les reins, alors tâchez de ne pas la saloper.

– Je ne la saloperai pas et, en attendant, je souhaiterais que vous ne parliez pas si crûment et cessiez de jouer au détective de cinéma.

– Vous savez ce que va vous rapporter cette façon de me parler, fit Rothschild. Vous allez être flanqué dehors à coups de pied dans votre – dans votre fond de pantalon – vous vous retrouverez en uniforme. – Il se tourna vers Miss Dillman. – Vous voudrez bien m'excuser, Miss. Mais avec certains d'entre eux, il faut que j'agisse ainsi. – Et, revenant à Gonzalez. – Vous, tirez-vous et appelez votre mère.

Gonzalez gagna la pièce voisine et empoigna le téléphone. Cependant, Rothschild demandait à Sally si elle avait faim et envie de quelque chose, peut-être une part de tarte ou un sandwich, et une tasse de café ?

Elle dit oui, elle serait ravie de boire une tasse de café.

– Un sandwich me ferait aussi très plaisir, ajouta-t-elle. Je tiendrais à payer.

– Dans ce district, même les clochards sont nourris aux frais de la maison, fit Rothschild. Ce sera donc ma tournée. – Le lieutenant décrocha son téléphone et commanda. – Du café avec de la crème ?

– Avec de la crème.

– Avec de la crème, répéta-t-il au téléphone.

À côté, Gonzalez parlait à sa mère en espagnol. Sally Dillman, qui avait enseigné cette langue, transposa ce que disait Gonzalez en l'anglais étrange, guindé, que donne la traduction, mot à mot, de l'espagnol.

– Ma mère, disait Gonzalez, s'il te plaît, ne t'inquiète pas pour moi. J'ai une mission tardive et elle me retiendra peut-être toute la nuit et peut-être, aussi, la nuit prochaine... Non, non, rien de dangereux... Pourquoi veux-tu que je te jure qu'il n'y a pas de danger ? Nous avons toujours cette même discussion depuis que je suis entré dans la police. Ce n'est pas dangereux d'être un policier à New York, Mama. Ce n'est pas comme dans certaines autres villes. Ici, à New York, il n'arrive jamais rien... Qu'est-ce que tu veux dire que je ne dois pas te mentir ? Qui dit que je suis en train de te mentir ? Je vais faire le signe de croix sur mon cœur... Ce n'est pas une chose, à me dire, que je suis en état de péché mortel parce que je me suis signé. Je n'ai pas commis de péché mortel, je ne te mens pas. Enfin, Mama, écoute-moi, le lieutenant est assis à côté. C'est le grand patron. Tu comprends, Mama ? Celui qui commande. L'homme qui est au-dessus de moi. Il me dit ce que je dois faire et je ne peux rien y changer. Mama, je t'en prie ! Je ne fais pas cela délibérément pour te briser le cœur en mille morceaux. Je t'en supplie, Mama, ne t'inquiète pas. Dis-moi que tu ne t'inquiétera pas. Promets-le-moi ! Merci, Mama. Et maintenant, *adios*.

Chapitre 5

– Ma mère me complique la vie, dit Gonzalez à Sally, en la conduisant vers la sortie. Elle s'inquiète à mon sujet. Croiriez-vous qu'elle passe son temps à me répéter « Frank, marie-toi. Frank, marie-toi ! » Si souvent que je ne l'entends même plus. Alors, je lui dis : « C'est entendu, Mama, tu te fais du souci à mon sujet je vais me marier. Je n'habiterai plus ici et tu t'inquiéteras encore davantage. » Et elle me répond : « Non, non. Quand tu seras marié, je ne m'inquiéterai plus. » Elle est comme ça – pas raisonnable. Mais...

Il avala le reste de la phrase.

– Mais vous ne vous mariez pas, fit Sally.

– Vous savez comment ça se passe. On trouve toujours un bon prétexte. On n'a pas découvert la fille qui conviendrait ou quelque chose du même genre. J'ai une autre excuse. J'essaie de passer mes examens de droit. Alors, je continue à suivre des cours mais je n'étudie pas assez. J'ai trop de travail. Et les années passent – et je n'ai pas encore mon diplôme. Pourtant, je me dis que, quand je serai un homme de loi, je pourrai me marier.

Devant la porte, il l'arrêta :

– Attention, maintenant. Commençons à nous servir de nos cerveaux. – Pesant ses mots, il ajouta : –

C'est la voiture de patrouille qui se trouve là, juste devant le bâtiment. Celui qui la conduit est le détective Gleason. On peut vraiment lui faire confiance. Voici comment nous allons opérer : nous sortons ensemble, mais je me tiendrai à votre droite et vous serez légèrement décalée derrière moi. Nous descendons les marches, traversons le trottoir, je vous ouvre la portière de la voiture et vous montez. Comme je le dis : tranquillement. Une fois à l'intérieur, vous vous asseyez sur la banquette arrière et baissez la tête. Penchez-vous autant que vous le pourrez afin de ne pas constituer une cible. Je ne dramatise pas les choses. Je crois que vous avez, peut-être, un petit grain, Miss Dillman, mais je ne vous prends pas pour une cinglée. Donc, si je vous demande de faire telle ou telle chose, ne vous figurez pas que je suis cinglé. Exécutez exactement ce que je dirai. C'est bien entendu ?

– Entendu, répondit-elle gravement.

– Très bien. Maintenant, allons-y.

Il ouvrit la porte puis la fit reculer et repoussa le battant.

– Qu'y a-t-il ? lui demanda-t-elle.

– Un homme, de l'autre côté de la rue, légèrement en direction de Lexington Avenue. Pas celui-là, celui qui est sur l'autre trottoir. Regardez-le bien. L'avez-vous déjà rencontré ?

Tandis que Sally Dillman examinait l'homme, Gonzalez le surveillait. Il avait déjà enregistré son signalement. Il pouvait le décrire comme âgé de vingt-trois ans environ, d'une taille d'un mètre quatre-vingts, quatre-vingt-cinq, cheveux blonds, yeux bleus, pantalon foncé, chemise gris clair. À cette distance, il n'eût pu en dire long sur les souliers, mais il eût parié qu'ils avaient coûté très cher. Cet homme était élégamment vêtu. Il semblait être un footballeur professionnel. Il était immobile, en alerte, de l'autre côté de la rue, ne quittant pas des yeux le poste de police.

Sally Dillman se tourna vers Gonzalez et lui dit qu'elle ne le connaissait pas.

– En êtes-vous sûre ? insista Gonzalez. Absolument certaine ?

– Je crois que je ne l'ai encore jamais vu. De toute façon, je ne crois pas que ce soit un tueur. Il n'en a pas l'apparence.

– Ils n'en ont jamais l'air. Montons dans la voiture comme je vous l'ai expliqué. Il ouvrit la porte et, le bras enlacé au sien, lui fit descendre les marches, traverser le trottoir et la fit monter, le tout doucement, sûrement, sans hâte ni hésitation. Dans la voiture, d'une pression de main, il la força à se pencher. Elle avait oublié ce point.

– Rappelez-vous que, quand je vous dis quelque chose, il faut le faire ! grinça-t-il, d'une voix dure et mordante. N'oubliez pas. Faites ce que je vous dis. Vous me comprenez bien ?

– J'ai compris.

Le détective Gleason démarra sans que Gonzalez lui eût indiqué leur destination. Il pilotait avec adresse et précision, vers l'ouest, dépassant le jeune homme arrêté sur le trottoir. Tournant à gauche par Lexington Avenue, encore à gauche et à l'est vers l'autoroute. Quand ils l'eurent atteinte, celle de l'East Side qui descendait vers le bas de la ville, il soupira, se détendit et s'étira sur la banquette, au côté de Sally Dillman.

– Ça va, Gleason. Vous pouvez ralentir maintenant. Tout va bien, Miss Dillman. Nous ne sommes pas filés.

– Merci, lui répondit-elle fraîchement. Où allons-nous ?

– Tout droit à la morgue pour examiner le cadavre. Vous aviez donné votre accord. Vous n'avez pas perdu votre cran, n'est-ce pas ?

– Non. Je tiendrai le coup.

– Mais vous croyez, dit Gonzalez, que cet homme, dans la rue, tout à l'heure, n'était pas un pistolet.

Parce qu'il avait bonne allure. Vous en êtes convaincue, n'est-ce pas ?

– Comment l'avez-vous appelé ?

– Un pistolet. Un pistolet veut dire un tueur. Une torpille, comme on dit dans le jargon fantaisiste de Hollywood. Pistolet est un mot simple.

– Il semble que vous aimiez les mots simples ? dit-elle.

– J'aime les mots dont le sens est précis.

– Vous choisissez vos mots, n'est-ce pas ? Vous ne vous contentez pas de les utiliser.

– Peut-être que oui, peut-être que non. Mais pourquoi pensez-vous que ce n'était pas un tueur ? Que ce n'était pas l'homme du contrat ? Ne m'en veuillez pas si je crie. Il est important que je connaisse les raisons de vos pensées. Moi, je m'énerve et je crie.

– Je ne sais pas, dit-elle. C'est juste une impression que j'ai eue.

– Eh bien, je vais me montrer un peu méchant envers vous. Je vais vous dire pourquoi vous avez réagi ainsi. Votre impression est due au fait qu'il avait l'air convenable, le type du jeune Américain, de l'universitaire. Le type qui vous paraît romantique, que vous aimeriez connaître. Joe l'universitaire. Cheveux blonds, yeux bleus, sobrement vêtu. Il porte un veston de tweed. Rien, dans sa tenue, ne hurle ni ne tire l'œil. Donc, du fait de son allure extérieure, vous l'avez immédiatement remarqué. Ce n'est pas un pistolet. C'est un gentil garçon. Il est quelqu'un à qui l'on pourrait se confier. Ai-je raison ?

– Ce n'est pas juste, protesta-t-elle.

– Mais si, c'est juste. Vous le savez bien. Maintenant, écoutez-moi, Miss Dillman. Peut-être cette affaire sera-t-elle classée aujourd'hui, peut-être demain, ou après-demain, j'ignore le temps qu'il faudra. Mais, vous et moi, nous trouvons dans la pire situation qui soit. Nous nous déplaçons dans quelques chose dont nous ignorons tout. Nous pataugeons entre les nuages et la boue, sans savoir ce qui nous guette. Nous pouvons faire quelques suppositions, supposer que quelqu'un veut vous tuer et qu'il essaiera de le faire. Nous pouvons aussi admettre que je suis prêt à briser ma carrière afin de vous éviter la mort. Nous pouvons encore admettre que vous n'avez pas envie de mourir. Ai-je raison ?

– Vous le savez bien, murmura-t-elle. Pourquoi agissez-vous ainsi ? Pourquoi vous moquez-vous de moi ?

– Loin de moi l'envie de me moquer de vous. J'essaie de vous exposer notre situation présente, ce qu'elle va devenir et comment elle risque de s'aggraver. Je m'efforce d'éliminer tout ce qui n'est que connerie. C'est un vilain mot mais c'est le plus approprié. Admettons que, pour des raisons différentes, vous comme moi, en avons chacun notre part. Quoi que ce soit, si cela doit nuire à ce que nous avons à faire au cours des deux ou trois prochains jours, il nous faut l'écarter, l'oublier. Vous me comprenez ? Je suis portoricain. Durant ces jours, il y aura peut-être des moments, disons une heure ou deux, au cours desquels nous resterons assis et parlerons. Je tâcherai alors de vous expliquer ce que c'est que de grandir à New York, étant portoricain, et d'y chercher sa voie. De votre côté, peut-être me décrirez-vous ce que fut votre jeunesse à Timmerville et comment vous y avez vécu. Il faut que nous nous connaissions un peu mieux. Mais, entre-temps, ne tenez rien pour acquis. Méfiez-vous de tout et de tous. Ne faites crédit à aucune présomption parce que ce gars, ce type dans la rue, m'inquiète.

– S'il vous inquiétait, pourquoi n'avez-vous rien tenté à son égard ?

– Parce que je prévois qu'une centaine d'autres hommes me seront matière à souci et que je suis incapable d'agir. Je ne peux pas foncer sur un homme et le mettre en état d'arrestation en lui disant : « Je vous arrête parce que je n'aime pas votre façon de regarder cette dame, Miss Dillman. » Cela m'est interdit. Il faut un indice, une raison. C'est ainsi que nous travaillons, voyez-vous. Vous saisissez ? Je ne veux pas vous effrayer. Vous ne ferez rien de bon si vous avez peur. Mais je tiens à ce que vous compreniez cela.

– Je crois que je comprends, dit-elle doucement. Du moins je m'y efforce.

– Très bien. Ça va mieux. La situation est clarifiée.

– Seulement, continua-t-elle, vous n'êtes pas très gentil. Vous savez, j'ai l'impression, détective Gonzalez, que dans cette ville immense, de tous les gens qui la peuplent, personne n'a jamais songé à être gentil. Oh, ils peuvent avoir un tas d'autres qualités, mais pas de gentillesse, à ce que j'ai pu voir.

– Peut-être avez-vous raison. Peut-être ne sommes-nous pas gentils. Peut-être même ne sommes-nous dotés d'aucune qualité, ici à New York, ou de si peu. Cela, pour l'instant, n'a aucune importance. La chose qui compte, comme je vous l'ai déjà dit, c'est ce que nous avons à faire. C'est bien compris ?

Elle se tut. Pendant un instant, Gonzalez observa la rivière, le soleil se reflétant sur l'eau, puis il ferma les yeux et réfléchit. Ensuite, il la regarda. Elle se tenait assise très raide. Il eut envie de lui dire de se détendre mais décida qu'il l'avait suffisamment asticotée et se concentra sur la rivière.

Ils étaient presque arrivés. Alors qu'ils abandonnaient l'autoroute, elle lui demanda :

– À quoi ressemble une morgue ?

Il tourna les yeux vers elle et la regarda, l'air songeur.

– La morgue, dit-il, est un vaste local où on amène les cadavres. Du fait de l'importance de la ville, ils sont nombreux. Ce n'est jamais qu'un très grand réfrigérateur. Vous n'avez rien de spécial à redouter à moins que la vue d'un cadavre ne vous bouleverse. Il en est ainsi pour certaines personnes. Certaines, même, en ont affreusement peur, m'a-t-on dit.

– Je ne redoute pas la vue d'un mort, répondit-elle tranquillement. C'est simplement que je n'ai jamais mis les pieds dans une morgue. Vous avez vu tellement de choses que tout vous paraît facile. Mais des choses, tout à fait simples et normales pour vous, peuvent avoir un tout autre effet sur quelqu'un comme moi.

– Je ne connais rien de simple ou de normal.

– C'est pourtant l'impression que vous me donnez.

– Je le regrette. Peut-être que oui, peut-être est-ce dû à ce que je ne m'exprime pas comme je devrais le faire. Je suis navré. Croyez bien que je suis vraiment navré.

– N'en parlons plus. Je ne veux pas d'animosité entre nous. J'essaie de vous connaître. Soyez assuré que je m'y efforce.

Gonzalez s'inclina.

– Je suis très sensible à ce que vous avez dit là.

Après un virage dans la 1re Avenue, la voiture stoppa dans la 30e Rue, devant l'hôpital Bellevue.

– La morgue est ici, à l'intérieur de l'hôpital, expliqua Gonzalez. Ce ne sera pas à moitié aussi désagréable que vous pourriez l'imaginer.

Elle inclina la tête et le suivit. Ils entrèrent dans l'hôpital, suivirent un couloir et descendirent un escalier. Après avoir franchi deux portes, ils se trouvèrent dans la morgue.

Gonzalez regarda Sally avec curiosité tandis que les assistants ouvraient un coffre, tiraient le corps au-dehors et dégageaient le drap pour découvrir la figure. Elle était restée en arrière, figée sur place à l'extrémité de la salle. Gonzalez la rejoignit et, avec une extrême douceur, la saisit par le coude et, du doigt, montra le cadavre.

– Nous y voici, dit-il. Il va falloir que vous le regardiez. Si vous ne le faites pas, il aura été inutile que nous venions ici. Cela n'aura rien de pénible, vous ne vous sentirez même pas effrayée.

– Et vous, qu'avez-vous éprouvé la première fois ? lui demanda-t-elle.

– Cela m'est arrivé si souvent que j'ai complètement oublié. De toute façon, je suis un mauvais catholique mais j'aime à croire que dans une certaine mesure, j'ai de la religion et je pense que, si vous êtes tant soit peu croyante, vous pouvez vous rendre compte qu'un corps inerte ne signifie rien. C'est seulement la vie qui a de l'importance. Allons, venez, voulez-vous ?

Elle secoua la tête et, avec lui, s'avança vers le cadavre. De nouveau, Gonzalez la surveilla tandis qu'elle fixait la face blême. Pendant une trentaine de secondes, elle la détailla posément puis se détourna et fit quelques pas rapides. Gonzalez la rejoignit.

– Dites-vous que vous n'allez pas vomir. Vous ne ressentez aucun malaise. Et vous ne vomissez pas.

– Je crois que je vais vomir.

– Non, vous ne le ferez pas. Maintenant, pensez-le fortement. Vous comprenez ? Dites-le à haute voix : « Je ne vais pas vomir. » À haute voix ou cela n'aura aucun effet.

– Je ne vais pas vomir, répéta-t-elle à haute voix. Je ne vais pas vomir.

– Voulez-vous le regarder encore ?

– Je ne vais pas vomir, répéta-t-elle.

– Bon. C'est très bien. Vous devez, maintenant, ne plus avoir aussi mal au cœur, n'est-ce pas ?

– En effet, je me sens un peu mieux.

– Voulez-vous y jeter un autre coup d'œil ?

– Non, dit-elle. C'est bien Compatra.

– Vous en êtes sûre. Un homme n'a pas le même aspect mort que vivant.

– J'en suis sûre. Vous avez remarqué cette fente à sa lèvre. C'est une malformation congénitale. Ce n'est pas un bec-de-lièvre, mais cela y ressemble beaucoup.

– Je l'avais remarquée, fit Gonzalez.

– C'est quelque chose que l'on ne peut oublier. C'est lui, indiscutablement. Dieu ait pitié de son âme. C'est Compatra.

– Eh bien, dit Gonzalez, ce sera suffisant. Je suis content que quelqu'un ait eu une pensée gentille pour ce qui prétend être son âme. Nous allons remonter et je vais téléphoner au lieutenant pour le mettre au courant.

Ils remontèrent l'escalier et elle attendit dans le long couloir faiblement éclairé cependant que, dans le bureau, Gonzalez faisait son rapport. Lorsqu'il ressortit, il regarda sa montre.

– C'est l'heure de déjeuner. Me permettez-vous de vous inviter, Miss Dillman. Ou bien aviez-vous prévu un autre programme ?

Elle eut un si faible sourire à cette pauvre plaisanterie que son cœur eut un élan vers elle.

– Un autre programme ? Oh, mon Dieu, quels plans aurais-je pu faire ? lui demanda-t-elle.

La voiture de patrouille avait regagné la 67e Rue. Gonzalez s'adressa à elle en pesant soigneusement chacun de ses mots, à la façon, maintenant, d'un professeur.

– J'ai renvoyé la voiture. Elle ne nous est d'aucune utilité. Voyez-vous, Miss Dillman...

Elle lui coupa la parole et lui dit qu'il ferait mieux, vu les circonstances, de l'appeler Sally.

– Du fait que nous sommes destinés à rester ensemble pendant un, deux ou trois jours, ne croyez-vous pas que vous devriez utiliser mon prénom ? Je vous dirai Frank. Mais que se passera-t-il ensuite ? Je veux dire supposons qu'au bout de trois jours, nous ne sachions pas encore qui il est, s'il a jamais existé ?

– Je vous appellerai donc Sally. Ce sera bien plus agréable. Et vous m'appellerez Frank. En ce qui concerne l'homme du contrat, il existe.

Elle montra du doigt l'hôpital.

– J'étais en train de penser à cet homme là-dedans. Joey Compatra. Eh bien, il est mort. Je veux dire qu'après avoir reçu mon argent, il a pu tout simplement le mettre dans sa poche ?

– Il ne l'a pas fait.

– Comment pouvez-vous l'affirmer ?

– J'en suis sûr et certain, dit Gonzalez. Il y a cette chose puante que, dans leur métier, ils dénomment honneur. Donc, Compatra est mort et votre tueur peut se défiler. Qui le forcerait à honorer son contrat ?

– Alors, je suis sauvée.

– Vous êtes bougrement loin d'être sauvée. Cet homme est un tueur. Il fait ce qui lui fait plaisir et il prend plaisir à tuer. Et aussi il a de l'orgueil. Il porte haut la tête du fait de son sacré orgueil. Grâce à lui, il se prend pour un grand homme et il en a plus besoin que de toute autre chose. Donc, il tuera, ou essaiera encore et encore.

– Comment le savez-vous ?

– Je le sais. Je suis, moi aussi, un professionnel. Dieu me bénisse, je le sais.

Ils prirent la 30e Rue, vers l'est, et Gonzalez s'expliqua au sujet de la voiture.

– Nous ne pouvons passer notre vie dans une voiture de police. Et il nous faut vivre. Il nous faut agir comme si nous menions une existence normale. Autrement, ce n'est pas la peine. Si nous restons assis dans cette automobile, il ne se passera rien.

– Vous voulez donc qu'il se passe quelque chose ?

– Oui, il le faut. C'est-à-dire, il faut que vous vous rendiez compte. Ou bien vous quittez la ville et disparaissez pour ne jamais revenir, ou bien il doit arriver quelque chose, d'une façon ou d'une autre.

– Je vois.

– Non, pas réellement. Pas comme je l'entends, Sally. Il doit se passer quelque chose, mais cela ne signifie pas que l'un d'entre nous doive être touché. J'exerce ce métier avec la ferme intention de rester en bonne santé et en vie, de rendre, un jour, peut-être, ma mère heureuse en me mariant, ou en passant mon examen de droit, ou quelque chose du même genre. Et je pense qu'il en est de même pour vous.

– Vous voulez dire que je dois passer un examen de droit, fit-elle avec un peu d'humour dans la voix.

– Non, je veux dire que vous vous en tirerez sans aucune égratignure et je suis content de voir que vous pouvez plaisanter à ce sujet. Vous ne serez pas tuée. Je le jure devant Dieu. Et formuler ce vœu aussi fermement est honteux, venant de quelqu'un dans mon cas, qui n'est pas entré dans une église depuis trois ans. Mais je jure par la Vierge qu'il ne vous arrivera rien, que je prendrai soin de vous et je veux que vous vous détendiez et me fassiez confiance.

– Dites-vous souvent des choses pareilles aux femmes ? lui demanda-t-elle.

– Moi ? Jamais. Jamais. Qu'allez-vous penser de moi ?

– Je ne sais pas. Vous me sembliez parler avec tant de facilité.

– Si vous me jugez ainsi, vous êtes entièrement dans l'erreur, s'écria-t-il avec indignation.

Ils marchaient maintenant vers l'ouest. Il l'emmena dans un restaurant arménien de Lexington Avenue, y commanda des feuilles de vigne farcies de pignons et des chiches-kebabs, puis une pâtisserie au miel et du café turc. Elle mangea, avec grand appétit, tout ce qui lui fut servi, s'extasiant avec volubilité sur l'étrangeté et la qualité des mets. Elle lui assura que, de toute sa vie, elle n'avait jamais fait un tel repas. Elle alluma une cigarette et se laissa aller contre son dossier, faisant montre d'un contentement qui surprit Gonzalez.

– Je le crois en effet, fit-il. Vous êtes une étrangère. Où un étranger pourrait-il trouver de telles choses à manger ?

– Vous me considérez vraiment comme une étrangère ?

– Sans aucune intention de vous froisser, Sally. J'entendais par là que vous ne ressemblez pas aux gens de cette ville.

– Qu'a donc de particulier cette ville ? voulut-elle savoir. Vous semblez en parler comme d'un club très fermé dans lequel je n'ai aucune place. Mais vous êtes espagnol, n'est-ce pas, ou portoricain ? Et le lieutenant, lui, est juif. Et cet homme qui tenait le volant, Gleason, est irlandais. Enfin, à la morgue, l'assistant avait un accent, je suppose qu'il était hongrois ou russe, ou quelque chose d'approchant, et selon vos dires, c'est cela être un Américain, tandis qu'une personne comme moi ne l'est pas et ne peut pas l'être, ni même savoir de quoi vous parlez, ni ce que vous pensez. Il m'est impossible d'accepter cette exclusive.

– Sally, Sally, l'implora-t-il, ce n'était pas du tout ce que je voulais dire. Absolument pas et je vous présente mes excuses. Croyez-moi, il m'est absolument indifférent de connaître le lieu de naissance de quelqu'un, ou qui est son père ou son grand-père. En ce qui me concerne, en fait, cela ne constitue qu'un fouet pour me faire battre ou pour battre les autres et j'en ai eu mon compte à l'âge de dix ans. Je ne veux plus rien en savoir. Donc, pour nous deux, je vous appellerai Sally et vous m'appellerez Frank, et ce sera tout. Pour le reste, efforçons-nous de former une bonne équipe.

Elle acquiesça.

Il régla l'addition. Au moment où ils sortaient du restaurant, il se glissa devant elle, inspecta les trottoirs dans tous les sens, puis il se mit en marche. Son corps formant un écran. Chaque fois qu'un homme approchait, qu'il ne pouvait voir ou classer immédiatement, il se plaçait entre Sally et le passant, et cela de façon discrète. À l'observer, elle sentit croître son admiration pour sa façon d'opérer et son efficacité. Elle commença à être convaincue qu'il tiendrait sa promesse.

En matière d'explication et d'avertissement, il lui dit :

– Une chose encore, Sally. Si je crie, si je crie quoi que ce soit, laissez-vous tomber sur le trottoir. Pensez-y dorénavant et souvenez-vous-en. Dites-vous : « Je me laisserai tomber sur le trottoir. Il m'est indifférent de déchirer mes bas, de salir mon manteau ou ma robe. Peu importe que mon sac s'ouvre et que son contenu se répande dans la rue, si Frank crie, je me laisse tomber sur le trottoir, sur le plancher, où que ce soit, et bien à plat. » Pouvez-vous le faire, Sally ?

– Je crois que oui.

– Les mains sur la tête, continua-t-il. Elles constituent une bonne protection. Vous vous couvrez la tête. Vous enfouissez votre figure dans vos mains. Vous tombez à plat et vous vous écrasez sur le sol. Et soyez prête à le faire à tout moment, si je crie « Sally ! » clair et fort. Vous aurez l'air ridicule si nous nous trouvons – disons au milieu de Times Square ou un tel autre endroit – mais, si je crie, promettez-le moi.

– Je vous le promets.

– Parfait. Maintenant, nous allons prendre un taxi et gagner l'angle de la 8e Avenue et de la 53e Rue pour jeter un coup d'œil au gymnase de Joey Compatra. Le lieutenant a dit qu'il nous y rejoindrait.

Mais ils étaient en avance sur l'heure du rendez-vous. Gonzalez proposa donc de marcher encore un peu afin qu'il pût lui montrer Gramercy Park. Elle n'avait jamais vu Gramercy Park et, tandis qu'il descendait avec elle Lexington Avenue, il ressentit, pour la première fois de sa vie, une sensation de propriétaire. New York, c'était sa ville à lui. Il pouvait recommander d'en visiter tel coin ou en déconseiller tel autre.

Il était fort bien documenté, un « aficionado », et il lui présenta Gramercy Park. Il lui en résuma l'histoire, lui parlant de la clé qui en interdisait l'entrée à tous, à l'exception d'une poignée d'enfants des riches familles domiciliées alentour. Elle en fut violemment choquée et même horrifiée. Gonzalez ajouta à son exposé un épisode personnel au cours duquel il était descendu du quartier espagnol de Harlem, alors qu'il n'était qu'un gamin de neuf ou dix ans, et y avait pénétré. Un flic l'avait pourchassé sur une longue distance, le traitant de tous les noms et lui signifiant qu'il ne voulait jamais le revoir dans ce parc.

– Vous voyez donc, fit-il, que mon entrée dans la police fut un acte de volonté et non quelque chose d'irréfléchi. Vous pouvez me croire, j'ai mis longtemps à me convaincre moi-même.

Soudain, elle lui tira le bras et lui dit :

– Regardez, là-bas ! De l'autre côté du square ! Mais quand il se retourna et regarda dans la direction indiquée, il ne vit rien.

– Là-bas ! Il s'éloigne.

Un bloc plus loin, il entrevit un homme disparaissant au coin d'une rue.

– Qui était-ce ?

– Il m'a semblé que c'était celui qui se tenait sur le trottoir, en face du poste de police. Celui dont vous avez parlé, quand vous étiez si furieux contre moi, parce que je le trouvais digne de confiance, à cause, prétendiez-vous, de ses cheveux blonds et de ses yeux bleus.

– Je n'étais pas en colère contre vous, objecta Gonzalez. Quoi que je fasse, vous vous imaginez que je m'emporte contre vous. Comment savez-vous que c'était le même individu ? On pourrait trouver, à New York, un millier d'hommes ayant le même aspect que lui. Vous rencontrerez un grand nombre de jeunes gens dans tout ce quartier. En fait, à quelques pâtés de maisons d'ici, par là, se trouve le Collège municipal. Êtes-vous sûre que c'était bien le même ?

– Je ne puis en être sûre, lui répondit-elle, vraiment sûre. Pourtant, il m'a bien semblé que c'était lui. C'était possible. Je n'ai su que faire. Que désirez-vous que je fasse si je le vois de nouveau ?

– Restez derrière moi, dit brièvement Gonzalez.

– Et vous trouvez bien qu'il vous tue à ma place ?

– Soyez bien convaincue, lui répondit Gonzalez, que personne ne me tirera dessus. Voyons, Sally, il serait temps que vous compreniez que je connais mon métier. Je sais ce que je dois faire. Vous-même, êtes-vous une bonne ou une foutue institutrice ?

– Je l'ignore. Personne ne m'a jamais demandé si j'étais une foutue quelque chose.

– D'accord, j'ai une grande gueule. Étiez-vous une bonne ou une mauvaise institutrice ?

– Je me plais à croire que j'enseignais bien.

– Alors, de grâce, rendez-moi la pareille en me faisant l'honneur d'admettre que je suis un bon flic. Personne ne va tirer sur moi comme sur une cible fixe. Si vous remarquez quelque chose de louche, avertissez-moi et passez derrière moi, les deux en même temps.

– Très bien, dit Sally. Et je vous prie de m'excuser. Je regrette d'avoir provoqué cette discussion. Je suis sûre qu'il n'y avait aucun point commun avec l'homme que nous avons vu dans la 67e Rue.

– Il n'y a rien, là-dedans, rien que vous ayez à regretter. Il vous faut utiliser votre bon sens et cesser de vous croire brimée. Bien plus, si vous continuez à prendre la mouche ou à bouder en me croyant fâché contre vous chaque fois que j'ouvre la bouche, nous n'arriverons à rien, et il est probable que, demain au plus tard, nous serons morts, vous et moi.

– Tenez ! Vous voilà à me réprimander de nouveau. Je ne le mérite pas et, pourtant, vous me réprimandez.

– Je ne vous réprimande pas ! coupa-t-il.

Tous deux se regardèrent alors, embarrassés, puis Gonzalez appela un taxi. Ils y montèrent et prirent la direction de la 53e Rue et de la 8e Avenue.

Chapitre 6

Au n° 896 de la 8e Avenue, s'élevait un vieux bâtiment de brique rouge, crasseux, haut de trois étages. Au-dessus de la porte, peint à une époque lointaine sur une plaque de verre sale et ternie, on pouvait lire : GYMNASE – ÉCOLE DE SPORTS DE JOEY.

Gonzalez examina l'enseigne et se demanda s'il devait attendre le lieutenant au-dehors, sur le trottoir, ou gagner l'intérieur avec Sally. Le fait d'avoir à rester exposé dans la rue, devant le gymnase, le rendait nerveux. Il décida qu'ils seraient plus en sécurité dedans, ouvrit la porte et entra le premier.

Dans l'étroit vestibule, régnait une odeur concentrée d'urine et de choux, cette odeur que Gonzalez n'avait pas oubliée depuis sa petite enfance et qui imprégnait toutes les habitations du quartier espagnol de Harlem. Devant eux, un escalier mal éclairé. Tandis qu'il en gravissait les marches irrégulières, serrant le bras de Sally pour l'encourager, il entendit le battement sourd, régulier de coups frappés contre un sac de sable. Cela le surprit, car Sally avait dit que le gymnase n'était plus utilisé. En tout cas, il eût été logique qu'il ne servît plus, maintenant que Joey Compatra était mort.

– Qu'en pensez-vous ? demanda-t-il doucement à Sally. Vous m'avez dit que personne ne s'entraînait plus.

– C'était vrai, lorsque je suis venue, répondit-elle, en secouant la tête.

Ils parvinrent en haut des marches et il ouvrit la porte du gymnase. Une seule ampoule brûlait contre le mur au fond du vaste hall. Celui-ci était vide à l'exception d'un homme, en short et maillot, qui frappait le sac et dansait devant lui, à pas rapides et légers. Il cognait à coups rapides et précis – à la façon d'un vieux boxeur professionnel – produisant un battement régulier comme un roulement de tambour. Quelque chose en lui parut familier à Gonzalez, dans la façon qu'il avait de glisser, de se déplacer légèrement et de feinter du corps tout en frappant.

– Tout va bien, dit-il à Sally. Venez avec moi.

Ils traversèrent le gymnase et se dirigèrent vers le boxeur. Celui-ci était de taille moyenne, ses épaules étaient puissantes, son jeu de jambes encore alerte, bien qu'il parût avoir dépassé la limite d'âge. Il ne leur prêtait aucune attention, quoique, apparemment, il les eût remarqués du coin de l'œil, sous ses arcades sourcilières déformées par une longue pratique du ring.

Gonzalez attendit d'être arrivé tout près du vieux professionnel pour lui adresser la parole :

– Hello, Patsy. Qu'est-ce que tu fais là ?

Le dénommé Patsy abandonna le sac et se retourna, ses mains gantées pendantes, pour examiner Gonzalez et la fille. Il cligna des yeux puis se frotta le visage du revers d'un de ses gants comme s'il tentait de réveiller ses souvenirs. Quelle qu'ait été sa face au début de sa carrière, il n'en restait plus qu'un masque de vieux pugiliste âgé, épuisé, au nez écrasé, aux oreilles en choux-fleur, aux lèvres et aux paupières garnies de cicatrices, regardant attentivement Sally et le détective de ses yeux plissés qui, soudain, s'ouvrirent et brillèrent en identifiant Gonzalez.

– Hé, Frankie, fit le boxeur, grimaçant de plaisir. Au début, je ne te reconnaissais pas, Frankie. Tu sais, les yeux ne sont plus aussi bons. Non. Ils disent que ce sont les jambes qui comptent le plus, mais la vraie vérité c'est que les yeux passent avant. Ah, même en y voyant moins bien, je t'ai tout de même reconnu. Pas vrai, Frankie ?

– Oui, tu m'as reconnu, Patsy. Et que fabriques-tu ici ?

– Je m'entraîne, Frankie. Juste pour garder la forme.

– Tu combats encore ?

– Oh non, Frankie, pas moi. Je ne suis plus assez bon. Je suis trop lent. Vois-tu, je peux encore cogner dans un ballon ou un sac et servir de *sparring partner*. Alors, je traîne par ici en attendant le retour de Joey. Chaque fois qu'il est là, il me donne un billet de cinq dollars pour entraîner un peu des jeunes. C'est de l'argent facilement gagné. Pas vrai. Cinq dollars, bougre ! pour un travail d'un quart d'heure, d'une demi-heure. Et je ne me découvre pas.

– Il vaut mieux que tu te couvres bien, Patsy. Tu sais que tu ne peux plus encaisser. C'est un sport infect.

– Ah, c'est à moi que tu le dis, Frankie ? Je suis mieux placé que personne pour le savoir. Et toi, Frankie, tu es toujours flic ?

– Toujours.

– Ouais, c'est comme ça. Tu es toujours flic. Et moi, je boxe toujours. Frankie, comment va ta mère ?

– Elle va très bien, Patsy. Tiens, justement, l'autre soir, elle me demandait : « Que devient Patsy Mendoza ? Pourquoi ne vient-il jamais faire un tour à l'heure du dîner ? »

– Oh, je n'ai pas oublié la cuisine de ta mama. Ta mama était une grande cuisinière, une fine cuisinière, pas vrai ? Et tes deux sœurs, Frankie ? Voyons, Millie et, et la petite brune, j'ai oublié son nom.

– Je n'ai pas de sœurs, mon vieux. Tu dois me confondre avec quelqu'un d'autre.

– Non, non. Je... seulement au sujet des sœurs. Eh oui, je pensais, vois-tu, à Herman Gonzalez – celui qui tient la quincaillerie sur la 116e Rue. Tu te souviens d'Herman Gonzalez ? Pauvre vieux ! son fils...

– Je m'en souviens, dit Gonzalez d'une voix unie. Son fils a été descendu par un flic. Une belle saloperie, Patsy, mais ça arrive.

– Je ne veux pas te donner mon avis là-dessus, Frankie. Je veux dire, sur ton métier de flic. Bah, il y a toutes sortes de flics, comme il y a toutes sortes de boxeurs.

– Sûr. Et quoi de neuf, Patsy ?

– Quoi de neuf ? Quelles nouvelles ? Rien, sinon que je suis fauché, Frankie. Attention, je n'essaie pas de te taper, mais je suis complètement raide. Je tâche de rester en forme. Je pense que Joey va bientôt rentrer. Il me donnera un peu de boulot.

– Joey ne reviendra pas, Patsy. Tu le sais, n'est-ce pas ? Tu sais qu'il ne reviendra plus, tu le sais bougrement bien. Comment es-tu entré ici ?

– Le jeune m'a laissé entrer.

Le vieux boxeur se remit à frapper le sac. Gonzalez lança un coup d'œil à Sally qui le regardait, fascinée par la souplesse de ses mouvements, par la grâce de ses gestes, par la précision avec laquelle il cognait. Elle secoua la tête et dit à Gonzalez :

– Cela ne doit pas être facile, n'est-ce pas ?

– Non. C'est un art de dernière catégorie qui ne sert à rien. Il faut des années de pratique pour arriver à ce résultat et cela mène à quoi ? Regardez-le, regardez-le bien ! Je vous ai dit que j'avais trente-deux ans. Quel âge lui donnez-vous ?

– Je ne sais pas. Cinquante, cinquante-cinq ?

– Il a vingt-neuf ans, fit Gonzalez d'un air dégoûté. D'une voix hargneuse, il lança au boxeur : Patsy ! Abandonne ce damné sac et écoute-moi. Tu sais parfaitement que Joey ne reviendra pas. Pourquoi essaies-tu de me tromper. Qui t'a fait entrer ?

Mendoza laissa retomber ses mains et regarda Gonzalez avec l'expression d'un enfant malheureux :

– Qu'est-ce que tu dis, Frank ? Que je te mens ? Que je sais où est Joey ? Je l'ignore. Je suis là à l'attendre.

– Le gymnase est fermé, pas vrai ?

– Ouais, ça en a l'air. Il n'y a personne. Il semble bien que la salle soit fermée.

– Et Joey Compatra est mort. Exact ! Tu sais qu'il est mort, hein, Patsy ? Et tu voudrais me faire croire que tu attends le retour de Joey. Il est mort, tu le sais.

– Pourquoi me cries-tu après, Frankie ? demanda le boxeur d'une voix plaintive. Qu'est-ce que je t'ai fait pour que tu m'engueules comme ça ? Simplement parce que tu es un flic, tu as besoin de me bousculer ?

Horrifiée, Sally murmura au détective :

– Assez, assez, je vous en prie. Ne le torturez plus.

– Je ne veux de toi que la vérité, fit Gonzalez, mécontent. Allons, dis-le, tu sais que Joey est mort.

Le boxeur inclina la tête comme si, soudain, quelque chose lui était revenu à l'esprit et il opina.

– C'est vrai. Oui, Frank, c'est vrai. Curieux que je l'aie oublié. Joey est mort. Ouais. Hé, Frank, qu'en penses-tu ? Crois-tu que maintenant que Joey est mort, on va jamais rouvrir cette salle ? C'est marrant, je suis tout seul ici. Personne d'autre. C'est comme si tout était bouclé.

– Faut-il vraiment que vous continuiez ? demanda Sally à Gonzalez.

Il se tourna vers elle, contrarié.

– Croyez-vous que ce soit un jeu d'enfant ? La partie est très sérieuse et je suis contraint d'agir ainsi. Allons, Sally, laissez-moi en terminer. Gentiment, il prit Mendoza par le bras. Maintenant, Patsy, écoute-moi bien. Nous sommes de vieux amis, pas vrai, Patsy. Autrefois, quand nous étions des mômes, je n'ai jamais laissé personne te battre, n'est-ce pas ?

– C'est exact, reconnut le boxeur. Tu as toujours été gentil avec moi, Frankie.

– Donc, même si, aujourd'hui, je suis un flic, tu peux me faire confiance, te fier à moi.

– Oui, Frankie.

– Très bien. Tu sais que Joey Compatra est mort. D'accord ? Tu sais qu'il a été tué, qu'on l'a descendu. D'accord ?

– Je t'en prie, Frankie ! Je t'en prie, ne me force pas à parler de ça.

– Patsy. Il est très important pour moi de savoir qui a flingué Joey Compatra. Ce n'est pas important uniquement parce que je suis un flic et veux en finir avec un tueur. Tu vois cette jeune fille qui m'accompagne ?

– Ouais, c'est une gentille fille. C'est ta bonne amie, Frankie ? Tu vas l'épouser ?

– Elle s'appelle Sally Dillman. Une gentille fille, nouvelle venue à New York. Et je veux vous présenter l'un à l'autre selon les règles, tu m'entends bien, parce que nous sommes de vieux potes, de vieux copains, depuis le début de notre enfance. Elle ne comprend pas exactement ce que cela signifie. À votre tour, Miss Dillman, laissez-moi vous présenter Patsy Mendoza. Un ami de toujours. Nous avons grandi ensemble dans le même pâté de maisons, et il a été un grand boxeur. Il est probable qu'il fut le meilleur welter de son temps, lors de sa grande forme. Il avait des tripes, du courage et beaucoup de cran.

– Je suis heureux de vous connaître, Miss, dit le boxeur. Seulement, il ne faut pas parler de moi, comme tu l'as fait, en ma présence, Frankie. Ça m'embarrasse.

– Je suis contente qu'il ait ainsi parlé de vous, Mr Mendoza. Je ne vois rien qui doive vous embarrasser, du moment que tout ce qu'il a dit est vrai.

Il lui tendit la main et elle l'imita. Sa poigne sur sa petite main avait la force d'un étau mais, quoique grimaçant de douleur, elle n'émit pas un son. Pendant un moment, dix secondes environ, il serra avant de relâcher son étreinte. Derrière lui, face à Sally, Gonzalez fit un signe de tête rassurant.

– Maintenant, reprit-il, cesse de me considérer comme un flic. Tant que je n'aurai pas découvert l'assassin de Joey Compatra, cette fille demeurera dans une situation terrible. Elle risque d'être tuée. Comprends-tu, Patsy ? Elle risque d'être tuée, exactement comme l'a été Joey.

– C'est ta petite amie ?

– Non, ce n'est pas ma petite amie. C'est juste quelqu'un dont je dois prendre soin parce que sa vie est en danger. Je t'en prie, Patsy, fais attention à ce que je dis et tâche de comprendre.

Mendoza secoua plusieurs fois la tête et tapota l'épaule de Gonzalez d'une main apaisante.

– Sûr, Frankie, sûr.

– Donc, tu es au courant de ce qui concerne Compatra ?

– Il a toujours été bon pour moi, Frankie.

– Qu'il ait ou non été bon pour toi, là n'est pas la question. Il est mort, maintenant. Tu es donc au courant de sa mort. Nous n'avons pas à juger si c'est une bonne ou une mauvaise nouvelle. Nous ne cherchons qu'à découvrir des faits, spécialement si ces faits se rattachent à une personne vivante. Tu savais que Joey s'occupait de contrats ?

– C'est ce qu'on racontait sur lui. Mais tu sais comment les gens parlent. On ne doit jamais croire ce qu'ils disent. Il m'a toujours donné du boulot d'entraînement. Sais-tu, y a eu des jours où j'avais faim, quelquefois, deux, trois jours sans rien bouffer, nulle part où dormir. Alors, y me disait : « Ça va, installe-toi là. Tire un matelas et roupille dans le coin. Pour me rembourser, tu donneras un coup de balai dans la matinée. » C'est pas le mauvais gars, hein, Frankie ?

– Compatra était un ami pour toi. Je veux découvrir qui l'a tué.

– Voyons, quelqu'un racontait – quelqu'un racontait quelque chose il y a près d'un mois – au sujet d'un type qui en voulait à Compatra. Ce type prétendait que Compatra lui avait fait un coup tordu – Jésus, je ne sais pas ce qu'il disait. Ma mémoire n'est plus très bonne. Oh, Seigneur, que ma tête me fait mal ! Sais-tu, j'attrape des migraines infernales quand je cherche à me rappeler quelque chose. Oh, mon Dieu, que je souffre !

Il fit demi-tour et se dirigea vers une chaise pliante, à proximité du ring. Il s'y laissa tomber, enfouit sa tête dans ses mains en se plaignant et en gémissant doucement.

– Et maintenant, allez-vous encore le relancer ? demanda Sally à Gonzalez.

– Allez-vous me laisser faire mon travail ? Nous sommes dans un milieu dont vous ignorez tout. Vous n'arriverez jamais à comprendre ce monde, car c'est un cloaque puant. Mais cela constitue mon gagne-pain et je dois agir comme j'y suis obligé, et de plus à ma façon. Alors, s'il vous plaît...

– Là, ne vous mettez pas en colère.

– Je ne me mets pas en colère. Je veux seulement que vous compreniez que mon métier est très particulier.

– Mais j'essaie de comprendre et même si je ne comprends pas, faites comme vous voulez. Pourquoi faut-il que je comprenne ? Pourquoi auriez-vous besoin de mon approbation ?

Gonzalez secoua la tête d'un air las et s'en fut rejoindre Patsy Mendoza. Il se pencha sur lui et lui donna de légères tapes dans le dos.

– Patsy, Patsy, écoute-moi.

Le boxeur leva les yeux et lui demanda :

– Tu n'aurais pas des comprimés contre les maux de tête ?

– Je vais aller t'en chercher. C'est promis. Essaie de retrouver ce dont tu t'étais souvenu.

– Je n'arrive plus à me rappeler aussi bien, Frankie. Un type comme toi enregistre tout. Il se rappelle tout sans effort mais pour moi, c'est dur, terriblement dur. C'était quelque chose au sujet d'un gros contrat confié à Joey et dont devait se charger un gars de la côte Ouest, un gars qui venait de la côte Ouest. Je ne connais pas son nom. Peut-être qu'il venait de Floride. Croirais-tu que je confonds toujours la côte Ouest et la Floride ? Elles se mélangent dans mon esprit parce que j'ai combattu à San Diego, contre Stevie Wehrenrach – était-ce son nom ? Stevie. Tu te rappelles le petit Stevie. C'était un dur, un Noir, un sacré coriace.

Avec douceur, Gonzalez l'interrompit.

– Patsy, mon vieux, essaie de te rappeler. Qui était le type chargé du contrat, venu de la Côte. Que s'est-il passé ?

– Quel type ? Quel contrat ? demanda Patsy d'un air absent.

– Celui qui s'est figuré que Joey Compatra l'avait possédé. Tiens, Patsy, laisse-moi t'exposer la situation. Écoute-moi et pèse bien mes paroles. Joey Compatra a reçu une grosse somme pour l'exécution d'un contrat. Disons, trois mille dollars. Il en a mis deux mille dans sa poche et en a donné mille à celui qui devait exécuter ce contrat. Tu me suis bien, Patsy ? Peut-être que le flingueur venait d'ailleurs, peut-être demeure-t-il à New York ; et il doit remplir sa mission à New York. Il se peut qu'il ait une grosse réputation à Los Angeles ou à San Francisco...

Mendoza sourit à la façon d'un enfant ravi.

– Ça y est ! Je me rappelle ! San Francisco ! C'était un flingue sous contrat, de San Francisco ! Je vais te dire quelque chose, Frankie, tu me connais, j'aimerais mieux mourir de faim que moucharder auprès d'un flic. Mais ça, c'est différent. On ne peut pas imaginer ça, Frankie. Imagine ça, quelqu'un te remet un gros billet et te dit que tu dois le gagner en supprimant un être humain ? Je n'admets pas ça. Je ne peux admettre un monde où vivent de telles vermines. J'ai fait des choses malpropres. La boxe de combat est un sport pourri, dégueulasse. Tu le sais, Frankie. Mais si pourri que soit ce métier, ce n'est rien à côté de s'engager par contrat à tuer quelqu'un. Tuer une petite comme celle-là qui ne connaît rien de la vie. J'en serais incapable. J'aimerais mieux mourir. Je ne pourrais pas toucher un cheveu de sa tête. Tu te rappelles, j'avais un petit chien...

– Patsy, Patsy ! Essaie de réfléchir ! Fais un effort ! Qui était ce flingueur ? Quel était son nom ?

– Mère de Dieu, j'ai une telle migraine ! Vas-tu me donner les comprimés que tu m'as promis, Frankie ?

– Écoute, Patsy. Crois-tu que si tu t'asseyais, une ou deux minutes, bien tranquille, tu pourrais te rappeler quelque chose ?

– Peut-être.

– Bon. Je vais faire un tour dans le bureau de Compatra. Toi, repose-toi un peu. Réfléchis. Ne force pas. Juste un petit effort pendant que la fille et moi, nous allons fouiller et voir si nous trouvons un médicament pour toi.

– Merci, Frankie. Je vais réfléchir. Je vais faire tout mon possible, Frankie. Je sais que c'est très important pour toi.

– As-tu un peu d'argent ?

– Je suis fauché, Frankie. J'aimerais bien pouvoir te prêter de l'argent mais je suis raide, sans un.

Gonzalez fouilla dans sa poche, sortit un billet de dix dollars et le pressa dans la main du boxeur. Celui-ci l'examina d'un regard de myope.

– C'est un billet de dix.

– Exact, fit Gonzalez.

– J'ai pas besoin d'une telle somme, Frankie. Si tu veux m'offrir un repas, une bouteille de bière ou un petit quelque chose, c'est O.K., mais je n'ai pas besoin de dix dollars. Tu n'as aucune raison de me donner autant. Je ne t'entraîne pas, ni rien de semblable.

– Patsy, c'est juste un geste amical. Je serai vexé si tu ne me considères plus comme un vieux copain.

– Ça va. Le boxeur grimaça un sourire. Tu es toujours mon vieux pote, Frankie.

– Bon. Maintenant, range ce billet dans la poche de ton short.

Mendoza s'exécuta. Gonzalez prit le bras de Sally et la conduisit au bureau de Compatra.

– Pauvre homme, soupira-t-elle. Le pauvre, pauvre homme.

– Le monde est rempli de pauvres types. Ce n'est donc pas la peine de s'attendrir sur leur sort. Entrons dans ce bureau et voyons ce que nous pourrons y trouver, pilules pour les maux de tête ou autre chose.

Elle retint sa réponse et le suivit. La porte etait déjà ouverte, entrebâillée de quelques centimètres et quand Gonzalez l'eut repoussée et eut allumé, ils découvrirent qu'ils arrivaient trop tard. Les dossiers, ouverts, étaient répandus sur le sol. Chaque pièce comptable, chaque registre était réduit en charpie. Un vase était fracassé. Un cendrier avait été jeté par terre et n'était plus que débris de verre. La photo d'une jolie fille avait été lacérée, son cadre en or, écrasé, foulé aux pieds.

La pièce entière, ravagée, respirait la haine. La furie puérile, vicieuse, comme si un petit garçon frustré et déchaîné avait voulu se venger sur les lieux avec la force d'un adulte atteint d'hystérie. Tel était ce que pensait Gonzalez et il en lut autant dans les yeux de Sally. À ce moment, un coup de feu, puis un autre, claquèrent dans le gymnase. La seconde balle pulvérisa la vitre de la porte entrouverte et, en miaulant, ricocha dangereusement sur le classeur métallique.

Gonzalez réagit très vite. De son bras puissant, il souleva Sally et la coucha à terre près de lui. Il s'allongea devant elle, constituant un rempart de son corps et il murmura :

– Restez où vous êtes. Ne bougez pas !

Puis il rampa vers la porte, continuant à lui faire écran de son corps et, d'une façon ou une autre, il sortit son revolver. Sally ne savait pas comment il avait pu empoigner son arme et, même par la suite, elle essaya en vain de reconstituer son action – purement instinctive. Revolver en main, il se glissa, à quatre pattes, de l'autre côté de la porte, avança en rampant, en quête du moindre mouvement dans le gymnase. Il entendit des pas, descendant rapidement l'escalier, se leva d'un bond et se rua, dans le hall, vers les fenêtres donnant sur la rue. Celles-ci étaient verrouillées et couvertes de crasse. Après avoir vainement essayé de nettoyer une vitre, il la défonça d'un coup de talon, passa la tête à travers l'ouverture déchiquetée et regarda tout au long de la rue. Il ne vit que des passants surpris et effrayés par le bruit du carreau brisé et la chute de ses éclats. Si l'un des passants était l'homme qu'il poursuivait, rien n'était décelable dans sa façon d'agir. Ce n'étaient que des citoyens de type courant, secoués, curieux, effrayés, ne voulant pas se trouver mêlés à une action violente qui, certainement, ne les concernait pas. Et pourtant, leur curiosité les retenait sur place.

Il se retourna vers l'intérieur du gymnase. Il était désert, exception faite de Mendoza qui gisait à plat ventre sur le sol. Gonzalez remit son revolver dans son étui, se dirigea vers le boxeur et le souleva. Il vit qu'il avait été touché presque au milieu du front. Les traits bosselés étaient détendus. La mort lui avait été moins pénible que la vie. Pourtant, tandis qu'il le tenait dans ses bras et observait sa face inerte, Gonzalez sentit ses yeux se remplir de larmes. Son visage se crispa et, malgré lui, il pleura. Très doucement, comme s'il se fût agi de son propre fils souffrant, il l'étendit sur le sol. Sally sortit du bureau, alors qu'il se redressait. Il se mordit les lèvres et avala sa salive, mais sans parvenir à retenir les larmes qui coulaient sur ses joues.

Les yeux également noyés de larmes, Sally lui dit :

– N'ayez pas honte de pleurer devant moi. Vous voyez que je pleure aussi. Il est mort ?

Gonzalez baissa tristement la tête.

– Qui l'a tué ? lui demanda-t-elle entre deux sanglots.

Gonzalez parvint à arrêter ses larmes et à reprendre son contrôle.

– Je crois que c'est le même que celui qui a tué Compatra et qui doit exécuter son contrat en vous tuant.

Des pas montèrent les marches à vive allure. Gonzalez se plaça devant Sally, ressortit son revolver et l'avisa d'une voix rauque :

– Restez derrière moi. Ne perdez pas la tête et n'essayez pas de vous enfuir. Contentez-vous de rester derrière moi. M'entendez-vous, nom de Dieu ?

– Évidemment, répondit-elle, je vous entends.

La porte fut brutalement poussée et le lieutenant Rothschild apparut. Il les regarda puis ses yeux se dirigèrent vers le boxeur gisant sur le sol. Il demanda ensuite s'il n'était rien arrivé a Sally. Cessant de se dissimuler derrière Gonzalez, elle s'avança.

– Vous ne pouviez pas m'attendre, dit Rothschild avec amertume. Sacré tonnerre, vous ne pouviez pas attendre mon arrivée ? Il a fallu que vous entriez ici tout seul. Il fallait que vous fassiez le petit malin, le flic au cœur impavide !

Chapitre 7

Vingt minutes plus tard, le gymnase était brillamment éclairé et surpeuplé. Des photographes, appartenant tant à la police qu'à la presse, opéraient à grand renfort d'éclairs de magnésium. Deux internes examinaient le corps de Patsy Mendoza. Sans ordre ni méthode, un homme relevait partout des empreintes digitales, qui ne serviraient à rien, mais il était le spécialiste officiel du service des Enquêtes criminelles Sud et il lui fallait faire semblant d'accomplir une tâche d'une absolue nécessité.

Ce service avait, de plus, expédié des agents en uniforme et en civil, auxquels s'ajoutait une équipe complète de télévision avec deux opérateurs, un directeur, un enquêteur, plus un fouillis de fils, de micros et de câbles imposants.

Sally Dillman restait tranquillement assise sur une chaise pliante, dans un coin du gymnase. Son visage était pâle ; elle tirait des bouffées nerveuses d'une cigarette sans saveur. De temps à autre, Gonzalez lui jetait un coup d'œil. Trop de choses se passaient en ce moment même pour qu'il pût lui accorder une attention soutenue mais il avait réussi, jusqu'ici, à écarter d'elle les reporters de la télévision, pleins de curiosité à son sujet. L'homme au micro, le chroniqueur, du nom de Ressman, demanda ce qu'elle avait à voir avec le meurtre et pourquoi elle restait assise là-bas, comme un petit chat perdu.

– Parce qu'elle est un petit chat perdu, répondit brièvement Gonzalez.

– Pouvons-nous lui parler ?

– Non.

– Pourquoi ?

– Elle n'a rien à voir avec cette affaire et rien a raconter. Elle est là par accident. Laissez tomber. Je dis bien, foutez-lui la paix.

Rothschild les rejoignit et entreprit Ressman.

– Écoutez, mon vieux, pourquoi n'allez-vous pas là-bas, interviewer les ambulanciers, ou les flics de la 58e. Ils ont du croustillant à vous fournir. Ou bien interrogez le toubib. Vous avez des tas de gens à qui parler. Que voulez-vous savoir sur cette fille ?

– Je veux savoir ce qu'elle fiche là, s'obstina l'autre.

– Eh bien, ce qu'elle fiche ici ne vous regarde pas. Donc, laissez tomber. Et Rothschild ajouta : Je m'efforce d'agir amicalement avec vous.

– Je suis heureux d'en avoir été informé.

La caméra de télévision commença à tourner en direction du visage et du corps du mort et Rothschild dit avec dégoût : Quoi qu'il arrive, cela devient un cirque. La vie, la mort, le tout entremêlé de jazz, tout se transforme en un cirque puant. Nous sommes de retour à l'époque de l'empereur Néron. Les gens veulent du pain, des lions, des gladiateurs, le tout, livré à domicile, dans leurs salons.

– Mais, par le diable, n'en a-t-il pas toujours été ainsi ? demanda Gonzalez qui observait Sally.

Elle lui jeta un regard implorant. Le hourvari augmentait dans la salle.

Rothschild s'adressa au détective.

– Dites donc, Frank, selon vous, Mendoza vous a donné un tuyau qui rattache cette affaire à San Francisco ?

– Quelque chose de très mince. Il croyait que le flingueur venait de San Francisco et que Compatra lui avait fait un coup foireux.

– Compatra, toute sa vie, a été un faux jeton. Cela n'a rien de neuf. Je vais appeler San Francisco moi-même. J'ai, là bas, un cousin au cinquième degré, peut-être même plus lointain, un cul-bénit qui est un gros ponte de leur police. Chaque fois que je pense à lui, je tremble pour l'avenir de la police. Mais, bon sang, on ne peut pas réformer le monde. Enfin, j'ai l'intention de lui téléphoner, alors dites-moi tout ce que vous savez.

– Je pourrais prendre l'avion ? proposa Gonzalez.

– Pourquoi pas ? Le plafond n'a jamais été aussi bas.

– Ça va, dit Gonzalez. Essayons ainsi. L'homme au contrat doit être âgé de vingt-deux à vingt-quatre ans, il mesure environ un mètre quatre-vingt-cinq, cheveux blonds ondulés – il est possible qu'ils soient teints –, yeux bleus mais très petits et d'un bleu très pâle, aime porter des vêtements sport – style universitaire –, vous voyez, le genre que l'on trouve chez Brooks Brothers. Vestons sobres, chemises classiques, cravates de bon goût, des articles coûteux. Il se peut que ce soit un étudiant, qui sait ? De toute façon, cela vaut la peine d'essayer.

– C'est très compliqué mais bien présenté, dit Rothschild avec une lueur de respect dans le regard.

Un officier de police en uniforme, avec un insigne doré sur sa tunique, s'approcha de Rothschild.

– Dites, lieutenant, je sais que ceci touche à votre territoire, mais j'espère que vous ne verrez pas d'inconvénient à ce que nous prenions l'affaire en main. Je veux dire que nous avons reçu des ordres contradictoires concernant les gens de la T.V. et du corps médical. Cela ne vous ennuierait pas que je m'occupe de la presse ?

– Pas du tout. Allez-y.

– Maintenant, au sujet de cette fille ? demanda l'homme en uniforme, montrant du doigt Sally.

– J'en ai la responsabilité, fit Rothschild. Cela dépend de mon secteur, de mon équipe, et je ne veux rien compliquer. Je communiquerai au Service criminel tout ce que je sais mais, pour le moment, je veux agir avec elle comme je l'entends.

– Qu'est-ce que c'est ? Cela a quelque chose à voir avec la C.I.A. ? demanda le policier en tenue dont l'irritation croissait.

– Non, cela n'a rien de secret. Cette petite est dans une sale situation et cela a un rapport avec Joey Compatra. Et si, au Quartier général, ils veulent en savoir davantage, je me ferai un plaisir de leur fournir un rapport détaillé, de même que je serai heureux de vous en adresser un compte rendu complet. Mais, d'ici là, je désire la faire sortir d'ici sans qu'elle ait à parler aux journalistes, gens de la T.V. et autres bavards indiscrets. Après quoi, il y aura fort à faire et vous pourrez la questionner. Mais comme elle était en compagnie de Gonzalez quand Mendoza a été tué, vous en savez autant qu'elle là-dessus. Donc, si cela ne vous fait rien, je vais demander au détective Gonzalez de l'emmener.

– Qu'est-ce que cela pourrait bien me faire ? demanda le capitaine. Chacun agit à sa façon. Allez-y, allez-y. Je ne veux pas vous déranger. Personne n'a besoin de discipline !

Il fit demi-tour, s'éloigna, bouillant d'indignation, et Rothschild dit à Gonzalez :

– Qu'il aille au diable ! Il finira bien par se calmer. Vous, emmenez-la à toute allure hors d'ici. Conduisez-la à l'hôtel et ne jouez pas au petit malin. Pas de singeries, pas de méthodes à la Rover Boy...

– Que voulez-vous dire par Rover Boy ? Qui est-ce ?

– Ça va, Rover Boy, c'est ma génération. Maintenant, on en est à Superman. Vous avez pigé ? Jouez le jeu calmement, froidement, posément. Emmenez-la à son hôtel – à propos, lequel est-ce ?

– Le St. Regis.

– Bon, le St. Regis. Leur détective maison s'appelle Clare Kennedy. C'est un type très bien, toujours prêt à coopérer. Il travaillera avec nous. Elle restera donc au St. Regis. Inutile de chercher à l'emmener ailleurs. Voici comment nous allons procéder. Exposez la situation à Kennedy et arrangez-vous pour faire équipe avec lui, mais discrètement. Restez à l'hôtel, avec elle, dans sa chambre, jusqu'à ce que je vous rejoigne. J'ai l'impression que nous allons, très rapidement, en finir avec cette affaire.

– Cela vous ennuierait de me donner des précisions ?

– Je ne veux pas entrer maintenant dans les détails, Frank, mais, *grosso modo*, j'ai idée de tendre un filet en dehors de l'hôtel, d'y attirer le tueur, de la sortir en douce de l'hôtel, de le laissez entrer dans une trappe insoupçonnable pour lui, puis de refermer la trappe. Le filet peut être disposé autour de la façade de l'hôtel, peut-être toute la partie de la 55e Rue comprise entre Madison Avenue et la 5e Avenue, et nous pourrons peut-être constituer une sorte de cul-de-sac aux deux extrémités. Je ne sais pas encore exactement, ce n'est qu'une idée que j'ai eue. Je ne sais pas du tout où diable trouver le personnel nécessaire. Pour réussir, il nous faut une centaine d'hommes et j'ignore qui voudra coopérer avec nous. Mais j'imagine que, si je pouvais faire un saut dans le bas de la ville, ils pourraient comprendre mon point de vue et jouer la partie avec moi. Ils détestent ce qui sort de l'ordinaire, vous le savez. Ils veulent que tout soit nettement tracé, délimité et conforme au règlement, et ce n'est pas le cas. C'est, au contraire, une histoire de fou, une histoire de fou bougrement embrouillée. Enfin, faites ce que je vous ai dit, n'est-ce pas ?

– Bien. Gonzalez haussa les épaules. J'exécuterai vos ordres.

Il se dirigea vers Sally Dillman qui lui adressa un regard chargé d'espoir et de résignation.

– Comment vous sentez-vous ? lui demanda-t-il.

Elle fit la moue.

– Je ne sais pas. De nouveau, je commence à avoir peur. Je me demande comment tout cela va finir. Savez-vous qui est l'assassin ?

– Rien de neuf. Toujours le même type qui veut vous tuer.

– Mais quelle raison l'a poussé à tuer ce pauvre homme ?

– À mon avis, parce que ce pauvre homme savait qui il était. Cela semble logique, n'est-ce pas ? Maintenant, en ce qui nous concerne, nous allons sortir d'ici, regagner votre hôtel et cela tout tranquillement, sans nous faire de soucis. D'accord ?

– D'accord, lui dit-elle.

Avec gentillesse, il lui tapota l'épaule, redressa quelques mèches folles qui tombaient sur ses yeux et, d'un doigt, caressa sa joue. Il ne lui faisait pas d'avances, ce n'était que le signe de l'intimité particulière à laquelle ils étaient parvenus en quelques heures.

– Tout se passera bien.

Il glissa sa main sous son bras et ils se dirigèrent vers la porte. Un journaliste les photographia à deux reprises. Gonzalez haussa les épaules et conseilla à Sally de n'y point prêter attention. Le reporter les poursuivit, essayant de savoir leurs noms.

– Vous feriez mieux d'aller boire un verre, lui dit Gonzalez. Vous savez bien que vous outrepassez vos droits.

– Vous adorez faire ami-ami avec la presse, pas vrai ? demanda le reporter.

– Allez au diable, répondit Gonzalez d'un ton aimable. Oui, j'aime la presse. Mais les gens de votre acabit me donnent mal au ventre.

Il entraîna Sally et, après avoir descendu l'escalier, ils se retrouvèrent dans la rue. La moitié de l'après-midi était passée. Le soleil brillait.

– C’est la première belle journée d’avril, dit Gonzalez. Tout le reste du mois a été pourri, et aussi les mois précédents. Rien que du temps sombre et triste. Je vais vous dire quelque chose. Mon père et ma mère, ils sont venus de Porto Rico et, depuis mon enfance, aussi loin que remontent mes souvenirs, en parlent toujours en répétant la même chose : « À Porto Rico, le soleil brille toujours. » Laissez-moi vous décrire New York en cinq mots : le soleil ne brille jamais.

En marchant, ils avaient descendu la 8e Avenue jusqu’à la 53e Rue qu’ils suivaient en se dirigeant vers l’est. Il se tenait entre elle et le bord du trottoir, formant un écran protecteur, observant, fouillant des yeux, scrutant. Il était en alerte tel un animal dans sa jungle – d’ailleurs, c’était le cas. Il se trouvait lui-même dans sa propre jungle, et ses yeux, sans trêve, continuaient leur quête tandis qu’il poursuivait :

– Je ne suis jamais allé à Porto Rico. Voyez-vous, il y a quelque chose d’étrange chez les gens de New York, du moins, bon nombre d’entre eux, ils ne vont jamais nulle part et n’ont jamais envie de se déplacer. Si je me dis : « Frank Gonzalez, pourquoi n’es-tu pas allé à Porto Rico ? » Il n’y a qu’une réponse honnête. Je n’ai pas envie d’y aller.

– Ou peut-être, ajouta-t-elle, songeuse, avez-vous peur d’aller à Porto Rico.

Cela ne lui était jamais venu à l’esprit. Et, en dépit de la tension de tous ses sens en éveil, il lui fallut y réfléchir sans relâcher sa surveillance.

– Qu’y aurait-il, à Porto Rico, dont je puisse avoir peur ?

– Vous-même, peut-être. Très vite, elle se reprit. Non, non, ce n’était pas du tout ce que je voulais dire. Je ne sais même pas pourquoi j’ai dit cela. Ce n’était pas gentil ! Alors que je sais ce que vous essayez de faire. Vous essayez de soutenir une conversation sur

Porto Rico afin que je m'oublie un peu et oublie d'avoir peur. N'est-ce pas vrai ?

– C'est possible, admit-il.

– Mais je n'éprouve plus la même peur qu'avant. Je veux dire, quand vous m'avez arrêtée dans la 5e Avenue, ma peur était d'un autre genre. Maintenant, je ne ressens plus qu'une peur partielle. Si je puis faire une comparaison avec un fruit, ma peur était une pomme entière. Je l'ai, maintenant, coupée en deux, et il m'est agréable de sentir qu'une moitié en est entre vos mains et que vous la maniez beaucoup mieux que je n'aurais jamais pu le faire toute seule.

– Peut-être êtes-vous restée trop longtemps livrée à la solitude.

– J'y ai pensé, moi aussi, dit-elle. N'allez pas croire que je n'y ai pas réfléchi, mais ce n'est pas simplement le fait de me trouver en compagnie d'une autre personne. Il ne faut pas vous imaginer qu'à la maison, je vivais seule entre mon père et ma mère. J'ai été à l'école, puis étudiante dans une école normale. Puis, j'ai enseigné dans un collège et je m'y étais fait de nombreuses relations...

– Relations, fit-il, sarcastique.

– Mais, reprit-elle, je ne crois pas que l'on puisse vraiment se sentir près de quelqu'un si la peur ne vous y pousse pas. En effet, je n'ai jamais éprouvé avec personne ce que je ressens à votre égard. À force de m'interroger, j'en suis venue à penser que c'est dû au danger que nous courons ensemble.

– Ce monde serait infernal, lui demanda Gonzalez, s'il n'y avait pas d'autre moyen de sympathiser que de faire face, ensemble, à un danger ?

– Mais n'est-ce pas ainsi que cela se passe ? J'ai lu quelque chose sur le *blitz* de Londres...

– Nous ne sommes pas à Londres, sous un bombardement.

– Cependant, pour vous et moi, c'est la même chose. Dites-moi, Frank, pourquoi l'a-t-on tué ? Je parle de Patsy Mendoza, le boxeur. Pour quelle raison a-t-il été tué ? Je vous l'ai déjà demandé et vous ne m'avez pas répondu.

– Pardon, je vous ai dit que le tueur l'a descendu parce qu'il connaissait son identité.

– Alors, pourquoi Patsy ne vous l'a-t-il pas communiquée ?

– Il en était incapable, soupira Gonzalez. Il était sonné. Vous ne devez pas savoir ce que c'est, n'est-ce pas ?

Elle secoua la tête.

– Non, je l'ignore, quoiqu'il me semble avoir lu quelque chose là-dessus, mais je n'en ai aucune idée précise.

– C'est l'essence même de la boxe. C'est l'essence de ce que, dans ce pays, l'on dénomme « le noble art de l'autodéfense ». C'est un mensonge. La boxe est aussi sale, aussi pourrie, aussi infecte que les courses de taureaux pour lesquelles se passionnent les gens de langue espagnole. Cela me lève le cœur, lorsqu'au cinéma, je vois une course de taureaux et son public passionné et pontifiant – ce peut être un art grand et noble, la boxe aussi d'ailleurs. Mais les seuls qui choisissent cette carrière de boxeur, ce sont les gosses qui n'ont aucun autre moyen de s'arracher à leur jungle. Les gosses qui sont nés tout au bas de l'échelle. Autrefois, les premiers de ces mômes furent irlandais ; les Juifs les suivirent ; puis vinrent les Italiens, puis les Noirs et, maintenant, ce sont les Portoricains. Et tous deviennent sonnés parce qu'aucun être humain n'a été conçu pour recevoir des coups sur la tête, dans l'estomac, dans les reins et au foie, encore, et encore, et encore. Ce n'est pas pour cela que Dieu a créé l'homme. Dieu n'a pas conçu les gens pour qu'ils deviennent des bourreaux ou des sacs de sable à bourrer de coups.

Elle l'observait maintenant avec un nouvel intérêt et lui dit :

– Vous parlez comme si vous croyiez en Dieu et qu'Il ait donné une raison d'être à tout ce qu'Il a conçu.

– Parfois, j'y crois, parfois, non, répondit-il avec impatience, comme s'il était irrité de discuter d'un tel sujet. Je crois en Lui lorsque je vois une possibilité. Vous comprenez ce que je veux dire – lorsque les gens ont leur chance. Alors, je pense, en moi-même : « Eh bien, il se peut qu'il y ait un Dieu là-haut », mais, la plupart du temps, j'en doute. Et, en général, tous ces baratins sur Dieu me restent sur l'estomac.

– Où allons-nous, maintenant ? lui demanda Sally. À mon hôtel ?

– Oui. Nous gagnons l'hôtel et votre appartement, et nous prenons toutes dispositions pour vous permettre de vous détendre pendant une bonne demi-heure, en cessant de penser que vous vivez sur la ligne de feu. Ensuite, j'irai voir le détective de l'hôtel, du nom de Kennedy, un type très bien, en qui on peut avoir confiance. Nous ferons, lui et moi, une petite mise au point. Cependant, le lieutenant Rothschild se rendra à Center Street pour tâcher de s'entendre avec les grosses légumes afin de tendre une sorte de filet ou de trappe. Ainsi vous n'aurez pas à envisager l'avenir avec la seule perspective de passer le reste de votre vie comme un animal traqué.

– Je n'ai nullement l'intention de passer ainsi le reste de ma vie, lui répondit-elle d'un air pincé, et je suis heureuse de savoir que, finalement, vous avez décidé de faire quelque chose.

– Nous avons essayé de faire de notre mieux dès l'instant même où je vous ai rencontrée.

– Mais oui.

– Que feriez-vous donc si vous étiez à ma place ? s'enquit Gonzalez.

Elle prit le temps de réfléchir avant de lui dire :

– Si j'étais à votre place, je crois que je m'attacherais à un réverbère au milieu de la 5e Avenue, puis chercherais un endroit où m'asseoir armée d'un fusil pour la chasse à l'éléphant et, quand il viendrait...

– Vous désirez qu'il soit tué ?

L'idée ne lui en était jamais venue sous une forme aussi réaliste. Il lui fallut un long moment pour la peser puis elle secoua la tête.

– Non, je ne veux pas qu'il soit tué. Je ne désire la mort de personne.

– Mais si je vous attache à votre réverbère et prends l'affût à une fenêtre avec un fusil à éléphant, précisa Gonzalez, je finirai par le tuer, pas vrai ?

– Eh bien, l'un de nous deux doit mourir, n'est-ce pas ?

– Je n'en sais rien, dit Gonzalez. La meilleure chose, dans notre vie, est peut-être de ne jamais savoir où et quand quelqu'un va mourir. Et nous voici arrivés à l'hôtel. Cherchons des sujets de conversation plus gais. Montons donc à votre chambre où vous vous relaxerez un peu. Puis, nous nous organiserons en vue d'une issue logique. Et, à propos, cela vaut la peine d'y penser, nous avons marché depuis la 53e Rue et la 8e Avenue, parcouru toute la ville jusqu'à la 5e Avenue et la 55e Rue, où nous sommes rendus, sans que personne ait essayé de vous tuer.

– Je suppose que la raison en est qu'il aurait dû vous tuer en premier. Où que je regarde, je ne vois que vous.

– Non, tout de même pas.

Ils pénétrèrent dans l'hôtel. Un problème se posait à Gonzalez. Dans un lieu comme le St. Regis, il ne savait s'il se sentait dans la peau d'un flic ou d'un Portoricain ; mais, de toute façon, il n'était jamais à son aise. Finalement, il lui semblait préférable de s'y trouver à des fins professionnelles, ce qui donnait une raison valable à sa présence. Maintenant, pour la première fois, il se vit entrer avec Sally Dillman – un homme et son amie qui se sont retrouvés à un rendez-vous. Ils tourneraient à gauche et traverseraient le vestibule vers la King Cole Room afin d'y boire un verre. Après y avoir réfléchi, il demanda à Sally si elle avait déjà été prendre une consommation dans la King Cole Room. Elle lui répondit que non, il lui eût fallu avoir été accompagnée. En fait, c'était un de ces lieux de New York où une femme n'est admise que si elle est escortée d'un homme.

– Je me sens ridicule, lui dit-elle, parce que vous devez vous demander comment j'ai pu demeurer à New York, de novembre à ce jour, sans connaître aucun homme, sans qu'aucun se soit proposé pour me sortir ?

– Eh bien, s'écria Gonzalez, ce que vous dites est idiot ! Croyez-vous que je n'en connaisse pas la raison ?

À son tour, il jugea sa véhémence ridicule et il garda le silence tandis qu'il l'accompagnait vers l'ascenseur. Il avait eu idée de l'inviter à la King Cole Room, de lui offrir une consommation et, assis à son côté, il aurait joué au citadin sophistiqué en lui décrivant l'histoire de ce haut lieu et de la belle fresque de Maxfield Parrish qui recouvrait le mur, derrière le bar.

Lui-même y était venu une fois, invité par Allan Perez, l'avoué portoricain, le jour où Perez lui avait conseillé d'étudier le droit. À l'époque, Gonzalez était plus jeune et plus facile à impressionner. Maintenant, se dit-il, il se fichait pas mal de remettre les pieds dans la King Cole Room.

Sally, face à face avec Gonzalez dans l'ascenseur, l'examinait d'un œil intéressé. Gonzalez se dit qu'aucune fille ne l'avait jamais regardé ainsi. Il écarta cette pensée, se rappelant qu'il avait du travail en cours. Les distractions, les pensées idiotes et vaines des dernières dix à quinze minutes ne pouvaient être que nuisibles à sa mission.

L'appartement de Sally se trouvait au onzième étage. À l'arrêt de l'ascenseur, le détective sortit le premier, examina le palier dans tous les sens puis lui fit signe. Elle le rejoignit. La porte de la cabine se referma derrière eux. Gonzalez sortit son revolver et prit la tête en direction de sa porte. Il l'entendit rire derrière lui et murmura avec aigreur :

– Qu'est-ce que c'est ? Une crise d'hystérie, ou bien trouvez-vous cela drôle ?

– C'est drôle, répondit-elle. Je veux dire que c'est toujours ainsi que cela se passe dans les films et on sait toujours qu'il y a quelqu'un qui attend dans la chambre, prêt à tirer ou à matraquer le pauvre type ; et il semble l'ignorer et on se demande comment il peut être aussi stupide.

– Je prends mes précautions, je ne suis donc pas stupide. En ce qui concerne les films, il est inévitable que, de temps à autre, ils utilisent les même stupidités. Maintenant, ouvrez la porte en vous écartant aussitôt et laissez-moi entrer.

Elle ouvrit la porte qu'il rabattit violemment à l'intérieur ; il s'avança vivement, regardant autour de lui. Après un petit vestibule, un salon meublé d'un divan et de deux fauteuils, d'un style supérieur à la moyenne. Du salon, il gagna la chambre puis la salle de bains et, enfin, les toilettes. Après avoir tout examiné avec rapidité et efficacité, il retourna vers la porte d'entrée qu'il verrouilla.

– Tant que vous resterez-là, lui dit-il, vous ne risquez rien. Dans la vie, tout se passe selon des règles sensées. En d'autres termes, il ne peut pénétrer dans votre appartement que s'il frappe à votre porte, que si vous ouvrez et le faites entrer. Vous n'avez donc qu'une chose à faire, si quelqu'un frappe à la porte, lui demander qui il est. Si c'est n'importe quelle autre personne que moi, vous n'ouvrez pas. Je vais revenir. Il faut que j'aille voir Kennedy pour m'entendre avec lui.

– Qui est ce Kennedy ? lui demanda-t-elle.

– Vous avez oublié ? Je vous en ai déjà parlé. C'est le flic maison.

– Je n'aurais jamais imaginé qu'un hôtel comme le St. Regis ait son propre détective.

– Ils ne le crient pas sur les toits. C'est le responsable de la sécurité de l'hôtel et il a beaucoup de gens sous ses ordres. Il serait impossible de gérer un hôtel de première classe à New York sans quelqu'un comme Clare Kennedy. Je l'appelle le flic maison parce que je veux vous faire comprendre combien, en tant que flic new-yorkais, je sais de choses et quel dur je suis.

– La seule chose qui m'impressionne en vous, c'est lorsque vous perdez patience et devenez méchant.

– Il ne me semble pas que ma façon actuelle de me conduire soit particulièrement méchante. J'essaie de me montrer aimable, mais l'amabilité est un don qui n'a pas été accordé à tout le monde.

– Cela, du moins, est évident, lui répondit-elle.

Gonzalez avait ouvert la porte qui donnait sur le hall. Il se retourna vers Sally et il rit, pour la première fois depuis qu'ils avaient pris contact. Son rire était large et chaud, découvrait ses dents, fortes, régulières et très blanches, dont il était fier. Toujours en riant, il lui dit :

– Voyez-vous, mon petit, je ne suis pas le meilleur de tous. Mais je ne suis pas, non plus, le plus mauvais. J'ai toutes sortes d'idées qui me trottent dans la tête mais il en est une qui domine toutes les autres : je tiens à ce qu'il ne vous arrive rien. Cela me rend nerveux, parfois hargneux. Alors, je m'efforce de parler rudement et crûment à la façon d'un flic, pour essayer de dissimuler mon anxiété. Voulez-vous me pardonner, s'il vous plaît ?

Très sérieusement, elle lui répondit :

– Je vous pardonne, Frank. Et je vous comprends.

– Très bien. Il se tourna vers la porte. Vous avez là, Sally, une porte très robuste, une excellente porte d'hôtel. Quand vous la repousserez derrière moi, fermez-la à clé et poussez le verrou. Personne ne pourra l'ouvrir même avec le matériel d'un cambrioleur. Vous serez en sécurité jusqu'à mon retour. Ferez-vous ce que je vous demande ?

– Je le ferai, assura-t-elle.

– Parfait.

Soudain, il se pencha et posa un léger baiser sur sa joue. Puis, il sortit et tira le battant de la porte derrière lui.

Chapitre 8

Sally se dirigea vers la fenêtre et en monta la vitre autant qu'il lui fut possible. Elle déploya à fond ses bras, aspirant l'air frais d'avril, le dégustant, reconnaissant que c'était une chose prodigieuse, merveilleuse que de se sentir vivre.

Puis, elle glissa autour de la pièce, dans une petite danse de sa composition, croisant une jambe sur l'autre, ondulant en tous sens, se laissant aller à l'exubérance, pliant, redressant et tournant les bras, dans l'imitation d'une danse à la mode qui aurait été créée par Sally Dillman.

Elle s'en fut vers son miroir, y composa des grimaces et s'adressa des sourires pleins de gaieté. Puis, elle se laissa tomber dans un fauteuil et contempla ses mains avec un intérêt profond. C'étaient de jolies mains, fortes, nerveuses, aux doigts longs. L'un après l'autre, elle les plia, en observant avec curiosité chaque mouvement, suivant avec plaisir l'action de chaque muscle, le jeu précis des articulations, simple fait du miracle de la vie, de se sentir vivre. Elle était bien vivante et continuerait à vivre et, soudain, était apparu un homme fort auquel elle savait pouvoir accorder toute sa confiance.

À la manière qui est le propre de toute femme, elle tourna ses pensées vers Gonzalez, la vie publique et privée que pourrait aimer un policier portoricain de New York. Il avait trente-deux ans. Sa mère lui avait dit, une fois, que si un homme atteint cet âge, en se mariant, au mieux il constitue un problème, au pire, une tragédie.

– Mais, par le Ciel, se demanda-t-elle à haute voix, pour quelle raison penses-tu à épouser cet homme ? C'est absolument hors de question. Ce serait vraiment la dernière chose au monde que tu devrais envisager.

Pourtant, son esprit se concentrait sur cette idée et, quoi qu'elle essayât pour écarter Gonzalez de ses pensées, encore et encore, celles-ci revenaient au policier. Elle avait toujours eu du goût pour les hommes sombres, grands, osseux. Son père était bâti ainsi, avec de larges épaules et une forte charpente. En repensant à son père et à sa mère, elle ressentit un peu de tristesse, se remémorant Timmerville, sa vie, de sa prime enfance à l'âge adulte. Elle se rappela sa frayeur à l'approche du premier jour où il lui faudrait enseigner. La journée s'était bien passée, elle avait gagné, elle était une institutrice.

À ces souvenirs, elle pleura un tout petit peu. Son père et sa mère, tous ces rappels nostalgiques de son passé, avec ses moments de plaisir et de chagrin, ce ne furent là que larmes douces qu'il lui fut aisé de tarir.

Et puis elle eut très envie de fumer une cigarette. Elle se leva et se dirigea vers la commode sur laquelle elle avait posé son sac. Celui-ci contenait un briquet et un étui en cuir repoussé. Elle eut un léger sourire en se rappelant le garçon qui, à Timmerville, lui en avait fait cadeau. Elle n'avait pas encore commencé à fumer mais l'amour de ce garçon visait très loin, dans l'avenir. À ce souvenir, ses yeux s'embuèrent. Pourquoi cinq ans passés lui semblaient-ils une éternité ? Le briquet avait appartenu à son père. Cinq ans plus tôt, il était en vie, grand et vigoureux. Dans un mouvement d'impatience, elle secoua la tête et ouvrit l'étui. Il était vide. Elle ouvrit un tiroir où elle avait rangé une cartouche de cigarettes, un jour ou deux plus tôt, lui semblait-il. Ce devait être à une date antérieure. La cartouche en carton était bien là, mais vide, elle aussi.

Le fait de se trouver dans cette pièce sans rien à fumer exacerba son désir. Elle s'imagina en train de fumer, se figura goûter l'arôme de la cigarette qui lui manquait et se demanda ce qu'elle pourrait bien faire pour remédier à cette situation. Sa première idée, afin de se conformer aux instructions de Gonzalez, fut de téléphoner à la réception afin qu'on lui fît monter un paquet de cigarettes par un groom. Mais un sens, récemment acquis, du danger et des risques possibles lui fit rejeter cette idée. Elle était bien décidée à n'ouvrir sa porte à personne d'autre qu'à Gonzalez.

Les souvenirs qu'elle avait de situations analogues, des façons de parer aux embuches possibles, résultaient tous de ce qu'elle avait vu à la télévision ou au cinéma. Comment saurait-elle si celui qui frapperait à sa porte serait ami ou ennemi, groom ou assassin ? Ce pourrait aisément être le tueur, celui auquel elle ne pouvait penser qu'avec horreur, même en sécurité dans son appartement.

Son désir violent de tabac persistait. Il allait même croissant. Elle entreprit une discussion avec elle-même et parvint à se convaincre que si elle se glissait en bas et achetait, elle-même, un paquet de cigarettes, il était impossible qu'il ne lui arrivât rien de dangereux. Elle se persuada que c'était la façon la plus rapide, la plus facile et la moins dangereuse d'opérer.

Toutefois, tandis qu'elle raisonnait ainsi, elle ôta sa robe noire et son manteau pour passer un ensemble de laine grise. Ce changement n'avait aucun rapport avec les cigarettes. Elle pensait simplement que si, en cours de descente, elle rencontrait Gonzalez, sa toilette grise serait plus séduisante que la robe noire. Elle consentit à reconnaître que, maintenant, elle désirait plaire.

– J'ai mes raisons pour cela, se dit-elle à haute voix, des raisons très valables. Mais je me refuse à admettre que le détective Gonzalez y ait la moindre part. C'est la dernière personne au monde avec laquelle j'envisage un avenir sérieux et, à plus forte raison, le mariage. En fait, je n'ai encore jamais pensé à me marier avec qui que ce soit. C'est ridicule, puéril, gamin de revenir encore à cette idée stupide. Bien plus, je crois que c'est une simple réaction due au fait de me sentir en vie et de pouvoir continuer à vivre, du moins encore un petit peu, sans être malade ni faible, sans perdre la tête, sans rester éveillée chaque nuit, sous l'emprise de la peur.

Elle ressentait une ivresse joyeuse tandis qu'elle sortait de la pièce dont elle ferma soigneusement la porte et vérifiait que la clé était bien rangée dans son sac. Il lui était impossible d'imaginer qu'elle pût courir aucun danger ici, au St. Regis.

L'ascenseur la descendit dans le hall. Au comptoir des tabacs, elle acheta un paquet de cigarettes, l'ouvrit aussitôt, alluma une cigarette et aspira la fumée avec grand plaisir. Ses craintes passées lui semblèrent ridicules. Elle lança un coup d'œil autour d'elle. Le hall était plein de gens actifs, élégamment vêtus et respectables. Leur seule vue était réconfortante. Ayant remarqué, à sa droite, l'enseigne d'une librairie, elle décida de pousser plus loin son aventure et d'acheter un livre et, peut-être, un magazine ou deux. Depuis son installation au St. Regis, elle était plusieurs fois venue à cette librairie mais, maintenant, tout lui paraissait neuf et différent. Elle se découvrit un vif intérêt pour les titres des livres les plus en vogue. Toutefois, n'ayant pas trouvé ce qu'elle voulait, elle se rabattit sur un exemplaire du *New Yorker*, un de *Life* et un du *Harper's Magazine*.

Elle se rappela complaisamment combien de fois elle avait discuté de tel ou tel article du *Harper's*

Magazine avec Miss Olson, la libraire de Timmerville. Miss Olson faisait très grand cas du *Harper's* ainsi que du *New Yorker* et de la *Nation*. Elle tenait pour acquis que si, à ces trois magazines, on ajoutait le *New York Times*, on obtenait les meilleures et les plus judicieuses informations. De ce fait, Sally accrut sa collection du *New York Times*.

La femme qui tenait le rayon la connaissait de vue. Avec un sourire, elle dit à Sally que, depuis longtemps, elle ne lui avait vu aussi bonne mine.

– Je me sens beaucoup mieux, lui répondit-elle. Vous savez que j'étais malade.

– Oui, je le savais, ma chère. La libraire hocha la tête. Il suffisait de vous voir pour s'en rendre compte.

– Mais, maintenant, je suis guérie, dit Sally d'un ton aussi catégorique que si elle voulait la persuader que, dorénavant, elle, Sally Dillman, était capable de courir le cent yards plus vite qu'aucune autre femme au monde.

La femme lui sourit et elle lui rendit son sourire.

Il lui revint à l'esprit que Gonzalez la cherchait peut-être. Elle quitta la librairie, se dirigea vers la King Cole Room, y jeta un coup d'œil et resta en admiration à la vue de la délicieuse fresque murale. Le maître d'hôtel s'excusa.

– Je suis navré, madame, mais je crains de ne pouvoir vous donner une table avant l'arrivée du monsieur qui doit vous accompagner.

– Je n'ai pas l'intention de m'asseoir, répondit Sally avec un peu d'affectation. Je veux seulement regarder, si cela ne vous dérange pas.

Le maître d'hôtel haussa les épaules. Non, il ne lui était pas interdit de regarder la salle.

Ayant l'impression d'avoir marqué un point, petit mais d'importance, Sally se retourna et prit la direction de l'ascenseur. Aucune cabine ne se trouvant à l'étage, portes ouvertes, elle se dirigea vers l'entrée de l'hôtel d'où elle put contempler la 55ᵉ Rue. Soudain, elle se rendit compte qu'elle fumait en public et se rappelant en riant les règles sévères de Timmerville, elle jeta sa cigarette dans un des grands cendriers à sa portée. L'air était doux comme du miel ; après avoir, à trois reprises, respiré profondément, elle descendit les quelques marches qui aboutissaient à la rue. Elle se sentait pleine d'audace ! Et quelle vive satisfaction elle éprouvait à faire fi des ordres de Gonzalez ! Il pouvait se montrer sentencieux à l'extrême, et elle n'appréciait pas qu'un homme prît une attitude d'institutrice. Puis elle pensa au tueur et une sensation de froid l'envahit.

Elle fit demi-tour pour remonter et, là, debout en haut de l'escalier, il bloquait l'entrée. Il l'examinait, approbateur, songeur, avec un intérêt objectif, à la façon d'un acquéreur détaillant un cheval qu'il est presque décidé à acheter. Ce fut, du moins, l'impression que Sally ressentit sur le moment.

C'était bien l'homme qu'ils avaient vu dans la 67e Rue. Aucun doute possible. La taille correspondait – environ un mètre quatre-vingt-cinq ; ses cheveux étaient blonds et ses yeux d'un bleu pâle ; son étroit pantalon noir était impeccablement repassé, sans un faux pli. L'idée vint à Sally que ce pouvait être là une coïncidence fortuite, puis elle estima qu'une telle coïncidence dépassait de loin toute la courbe des possibilités mathématiques.

Il lui adressa un clin d'œil, un petit salut de la tête et elle sentit la panique l'envahir. Elle traversa la rue en courant, manquant de peu se faire renverser par une voiture. Parvenue sur l'autre trottoir, elle pivota sur ses talons ; il était toujours là, immobile, en haut des marches de l'hôtel.

Enfin, lentement et délibérément, sans trace de hâte ou d'anxiété, il descendit l'escalier et commença de traverser la rue. Sally gagna le coin en courant, se rendit compte qu'elle courait et que c'était une conduite qui devait sembler ridicule chez un adulte. Tournant à droite dans la 5e Avenue, elle avança en marchant aussi rapidement qu'il lui était possible. Le besoin de courir la submergea de nouveau, mais elle se contraignit à marcher, cherchant des yeux, désespérément, un agent de police.

Il devait y avoir un agent quelque part à proximité ! N'était-ce pas là le carrefour le plus important du monde ? Elle songea à arrêter le premier passant venu, à l'implorer pour qu'il l'aide, la protège. Il lui serait possible de lui crier qu'un homme la poursuivait et qu'il avait été payé pour la tuer. Mais elle eut la certitude qu'elle se rendrait seulement ridicule et essuierait un refus.

De nouveau, elle se retourna pour regarder derrière elle. Cette fois-ci, elle ne put le voir. S'en trouvant réconfortée, elle se remit en marche, remontant la 5e Avenue en direction du nord.

Chapitre 9

Clare Kennedy, responsable des services de sécurité de l'hôtel, ne ressemblait en rien au détective privé tel qu'il est convenu de se le représenter. C'était un homme ayant légèrement dépassé la quarantaine, de grande allure, impeccablement vêtu, aux cheveux rares soigneusement coiffés pour dissimuler les endroits dégarnis. Derrière des lunettes sans bordure, son regard était doux, réservé, presque timide. Cependant, ce regard, comme Gonzalez était fondé à le savoir, dissimulait un esprit assez extraordinaire et une mémoire exceptionnelle. Celle-ci constituait un fichier où étaient enregistrés des centaines de racoleurs, hommes de main, voleurs professionnels de cartes de crédit ou de bijoux, cambrioleurs, tricheurs professionnels, chasseurs ou femmes de chambre malhonnêtes et une douzaine d'autres variétés de fripouilles dont le terrain de chasse favori est l'hôtellerie.

Sans ostentation, sans dureté, sans aucune des attitudes arrogantes que l'on imagine couramment, Kennedy veillait, jour après jour, à ce que tous ceux qui passaient par l'hôtel, y vivaient, y dînaient ou y buvaient, fussent inconscients de sa présence, et aussi du fait qu'ils pussent avoir une raison d'y recourir.

Lorsque Gonzalez entra dans son bureau, il le trouva enfoncé dans son fauteuil tournant, les pieds sur sa table de travail, plongé dans une biographie du pape Jean. Il mit son livre de côté avec un sourire empreint d'embarras. Il demanda à son visiteur s'il était, lui, Gonzalez, catholique et ce qu'il pensait de Jean ?

– La religion, répondit Gonzalez, est un sujet dont je ne discute jamais et, en ce qui concerne les héros, ils me laissent très froid.

– Jean n'était pas un héros. C'était un saint.

– Les saints me laissent tout aussi froid. À part ça, que devenez-vous ?

– Vous êtes bien catholique, n'est-ce pas ? lui demanda Kennedy.

– Cela ne vous regarde bougrement pas, répondit Gonzalez. En tout cas, un mauvais catholique me fait penser à un mauvais tableau dans un cadre admirable.

– Ce qui ne veut absolument rien dire, fit Kennedy.

– Non, je l'admets, par tous les diables ! Il se peut que ma façon de concevoir la religion n'ait aucun sens. Dites donc, appelez-moi un jour où je ne serai pas de service et nous parlerons religion ensemble. Cela ne nous mènera à rien, mais nous en parlerons. À mon point de vue, les Irlandais font beaucoup d'histoires sur tout ce qui touche à leur religion, mais je suis toujours disposé à en discuter avec vous. Pour le moment, il s'agit du boulot.

– Quel genre de boulot ? Vous n'êtes pas, ici, dans votre secteur, n'est-ce pas ?

– D'accord, mais ce qui m'amène ici a commencé chez moi, dit Gonzalez. Nous sommes sur une affaire qui sort vraiment de l'ordinaire. Que savez-vous sur une petite qui habite ici et qui s'appelle Sally Dillman ?

Kennedy inclina la tête, reposa ses pieds sur le sol, ferma les yeux pendant quelques secondes, les rouvrit et fixa un regard plein d'intérêt sur Gonzalez.

– Sally Dillman, c'est bien ça ?

– C'est ce que j'ai dit.

– Elle habite ici depuis un bon bout de temps. Son appartement va chercher dans les deux mille dollars par mois, ça fait un gros paquet. Et, notez bien, je ne critique pas les prix fixés par l'hôtel. Je les estime raisonnables, car c'est le meilleur hôtel des États-Unis. Néanmoins, cette petite ne représente pas deux mille dollars par mois.

– Vous êtes marrant, reconnut Gonzalez. Qu'entendez-vous en disant qu'elle ne représente pas deux mille dollars par mois ?

– Oh, ça va, dit Kennedy, vous savez ce qui cadre avec un pareil prix de location. Des valises en crocodile à trois cent cinquante dollars pièce, des souliers en croco à quatre cents dollars la paire ; pour le moins, une étole de vison, une cape d'hermine, un manteau de vison pour la mauvaise saison, quelques diamants, un collier de perles, une broche de soixante-dix mille dollars. Vous voyez bien ce que je veux dire, Gonzalez. Quand on paie deux mille dollars pour une chambre, le trousseau doit marcher de pair. Cette petite n'a rien de tout cela. Une fille de la classe moyenne, inférieure, qui vit sur un pied de deux mille dollars par mois, ça pose des questions, beaucoup de questions.

– L'avez-vous interrogée ? demanda Gonzalez.

– Non, je ne l'ai pas fait. Elle paie son loyer chaque mois. Elle ne dérange personne. Cette gamine est triste. J'ai idée qu'elle est rongée par un chagrin sérieux et très profond, mais nous n'avons rien contre elle. Donc, ainsi que je l'ai dit, elle paie régulièrement ses deux mille dollars, alors je ne lui pose pas de questions. C'est ainsi que l'on gère un hôtel, pour l'argent qui rentre en caisse. C'est un hôtel sérieux et non un service du F.B.I. ou de la Police.

– Je n'ai rien à voir dans la marche de votre hôtel, dit Gonzalez. Je ne vous demande pas de moucharder.

Dites-moi seulement ce que vous pensez d'elle. Elle vous paraît honnête, n'est-ce pas ?

– Oh, mon Dieu, soupira Kennedy. Vous en êtes encore aux vieux clichés ! Qui est honnête ? Qui est malhonnête ? Cette discrimination n'a aucun rapport avec mon travail. Honnêteté et malhonnêteté concernent le poste de police du coin, lorsque vous ramassez les pochards, les obsédés sexuels et les voleurs au petit pied. Désirez-vous savoir si cette fille fait partie d'une combine ? Je vous répondrai carrément : non. Cette petite est honnête, foncièrement honnête. En fait, j'ai l'impression que c'est une institutrice. Elle ne rentre jamais à des heures tardives et, depuis qu'elle est ici, elle n'a jamais reçu aucun homme dans sa chambre. Ses bagages sont neufs, assez bon marché, et elle tire ses chèques sur la Chase Manhattan Bank. Donc, en réponse à votre question « Est-elle honnête ? », dans cette mesure, elle est honnête Elle vit au grand jour. Elle ne dissimule aucun secret.

– Qu'entendez-vous par là ? demanda Gonzalez.

– Je veux dire qu'elle n'a rien de secret qui puisse justifier sa présence dans cet hôtel. C'est tout ce qui m'intéresse. Je ne suis ni un flic ni un agent du F.B.I., ni un de ces odieux types du contre-espionnage. Mon rôle est de veiller à ce que les clients vivent en paix sans être inutilement ennuyés et, si possible, paient gentiment leurs notes et ne se volent pas les uns les autres. Elle paie régulièrement. Elle ne vole pas. Elle ne dérange personne. Une seule chose aurait pu attirer l'attention : jusqu'à ces tout derniers jours, elle allait tête basse, paraissait effondrée. Elle semblait en proie à des problèmes terribles et tout à coup, il s'est passé quelque chose et elle a paru transformée. Le plus gros de ses soucis semblait s'être atténué ou avoir disparu.

– Elle avait de sérieuses raisons d'angoisse, convint Gonzalez. La pauvre petite croyait se mourir de leucémie. Puis elle a découvert que le diagnostic d'un enfant de putain d'abruti de toubib était faux.

– N'avez-vous jamais eu envie d'être un médecin ? lui demanda Kennedy avec finesse.

– Si, à un certain moment, admit Gonzalez.

– Donc, vous passerez le reste de votre vie à détester les médecins. Ça va, maintenant, vous êtes soulagé. Quels sont donc ses soucis ? Et d'où lui viennent ces deux mille dollars par mois ?

– Ces deux mille dollars par mois proviennent d'un petit bien que lui ont laissé ses parents, une maison et leurs assurances.

– Ne me regardez pas ainsi, Gonzalez. Ce n'est pas moi qui fais les prix. Elle pourrait s'installer dans un hôtel moins cher. Personne ne la force à demeurer ici.

– Elle le fera en temps utile, mais ce n'est pas aussi simple qu'il paraît. Vraiment pas aussi simple.

Gonzalez expliqua, alors, dans quel pétrin Sally Dillman s'était fourrée. Il lui raconta toute l'histoire et Kennedy l'écouta, l'air grave et attentif. Quand Gonzalez en eut terminé, Kennedy prit la parole :

– Vous savez, si l'on est patient, si l'on reste suffisamment longtemps assis au même endroit, on voit tout, on entend tout, absolument tout. Il existe, m'a-t-on dit, un vieux proverbe arabe dans ce sens : « Reste assis tranquillement, patiemment. Tu verras emporter le cadavre de ton ennemi. » Eh bien, qu'il s'agisse de vie ou de mort, laissez-moi vous dire, Gonzalez, tout arrive jusqu'à moi, par cette porte, absolument tout. Mais cela, votre histoire, bat tous les records.

– Et ce tueur est un homme qui a le sens des responsabilités de sa profession, dit Gonzalez, frappant du doigt sur le bureau. Celui-ci aurait pu rentrer chez lui après avoir descendu Compatra. Mais non. Parce que sa profession, c'est sa vie, la justification de son existence pourrie, il doit remplir son contrat et tuer Sally Dillman. Il ne s'agit pas d'un simple meurtre.

Un meurtre, pour lui, ne signifie rien. Il vient d'abattre Patsy Mendoza, comme vous casseriez un verre en le faisant tomber d'une étagère. Vous vous souvenez de Patsy Mendoza ? C'était un sacrément bon welter qui a égalé les champions des vingt dernières années. Puis, il a été complètement sonné. Depuis, il n'est jamais redevenu normal, le pauvre bougre.

– Je l'ai vu combattre, une fois, se souvint Kennedy. C'était un excellent welter. Il avait le style et la classe, l'un des meilleurs de sa catégorie.

– Eh bien, Mendoza a dû voir rôder le tueur autour du gymnase de Compatra. Il nous filait et le pauvre Patsy l'a repéré. Donc, il l'a descendu. Il l'a tiré comme ça. Gonzalez envoya une pichenette en l'air. C'est un type froid, bien entraîné et il tue facilement. Il y a une certaine analogie avec le meurtre de Compatra. Trois balles groupées, à trois centimètres les unes des autres. En tout cas, Compatra avait reçu trois balles juste autour du sein gauche. En fait, autour du sein, elles formaient un joli petit triangle.

– Je connais l'anatomie, fit Kennedy. Vous pouvez m'épargner ces détails.

– Pour le moment, la petite est là-haut et il faut que nous établissions une sorte de plan.

– Elle est là-haut, répéta Kennedy, en fronçant le sourcil. Je ne veux pas de bagarre ici. Ça n'est encore jamais arrivé et je compte bien que ça n'arrivera jamais dans cet hôtel. Ce n'est pas une de ces tavernes douteuses du West Side.

– Allons, tout se passera bien si notre programme est proprement exécuté. Nous ne voulons pas qu'il entre dans l'hôtel. S'il s'y est déjà introduit, notre intention est de le pousser à en sortir. Ou bien, s'il tente de s'en approcher, nous voulons l'en écarter. Notre intention est que la fille reste à demeure dans sa chambre. Je ne la quitterai pas. De son côté, le lieutenant Rothschild est descendu à Center Street pour tâcher d'obtenir des hommes. S'ils peuvent lui accorder une centaine de gars en civil, nous allons boucler un cercle dans la 55e Rue, la 5e Avenue et Madison Avenue, toutes les voies d'accès à l'hôtel. Ensuite, nous jouerons notre partie avec lui et nous l'attraperons. La petite court un gros risque, mais je continue à penser que nous pouvons mettre la main sur lui et qu'elle peut s'en sortir sans dégâts.

– D'après ce que vous m'avez dit, fit Kennedy, la gamine a déjà couru un sacré risque.

– Et ce risque ne pourra que croître si nous laissons traîner les choses, dit Gonzalez. Je veux en finir aujourd'hui, aujourd'hui, vous m'entendez bien, Kennedy ? Je désire agir rapidement. Chaque heure qui passe rend les choses plus compliquées, augmente les risques qu'elle court et la met dans une situation plus dangereuse. Je veux le déséquilibrer et, pour le moment, il doit se trouver en rupture d'équilibre. Vous pouvez avoir autant de sang-froid que si vous aviez dans les veines de l'alcool ou de la glace, après avoir tué un homme, vous ne vous sentez pas dans votre assiette. Au cours des deux derniers jours, il a descendu deux hommes. On n'agit pas ainsi à la légère. Il doit maintenant ressentir un malaise et être prêt à continuer sur sa lancée. Je ne pense pas qu'il puisse en rester là sans faire une nouvelle tentative. Tous les tueurs ont une psychose. Mais, d'après moi, chez le tueur professionnel, chaque nouveau meurtre tend à effacer l'effet moral du précédent. Il assassine pour effacer le passé, et je suis convaincu qu'il est prêt à frapper de nouveau. Il est poussé par l'orgueil pervers de sa profession et par le besoin maniaque de continuer à tuer. Donc, il agira très bientôt et, après le feu d'artifice, tout sera terminé dans les prochaines heures.

– Vous êtes certain que la petite est en sureté ? demanda Kennedy.

– Je l'ai laissée en haut. Sa porte était verrouillée. J'ai insisté pour qu'elle ne l'ouvre à personne d'autre que moi. Impossible de faire davantage, n'est-ce pas ? Elle ne risque donc rien, du moins jusqu'à mon retour.

– O.K. Maintenant, en ce qui concerne le tueur, avez-vous trouvé un fil conducteur ? Croyez-vous savoir qui il est ?

– Je suis sur une piste, sans savoir ce qu'elle vaut. Une sorte de spéculation risquée, une intuition, mais elle est valable. Nous sommes en train d'effectuer une vérification avec San Francisco. Il se peut qu'ils nous fournissent une identité et un signalement qui cadrent avec ce que nous avons déjà réuni, mais, dans moins d'une heure, nous aurons leur réponse.

– Qu'avez-vous collecté de votre côté ?

– Eh bien, une hypothèse valable, comme je vous l'ai dit. C'est un homme jeune, âgé de vingt-deux à vingt-cinq ans, taille un mètre quatre-vingt-cinq environ, cheveux blond-roux bien coiffés, yeux bleu pâle, pantalon noir, veste de tweed gris clair, chemise blanche, cravate sombre...

– D'où tenez-vous cela ? l'interrompit Kennedy. Qu'est-ce que ça vaut ?

– J'ai remarqué un homme dans la 67e Rue et je joue là-dessus.

– C'est tout ?

– C'est tout.

Kennedy adressa un regard admiratif à Gonzalez, secoua la tête et lui dit :

– Votre instinct est remarquable, Gonzalez. Ce type fréquente l'hôtel.

– Vous voulez dire qu'il loge ici ?

– Non, il n'a pas loué de chambre, mais je l'ai vu, deux fois, autour de l'hôtel. Avant-hier pour la première fois et aujourd'hui, oh, il y a environ vingt minutes, il se tenait sur le trottoir lorsque je suis arrivé. Je me suis arrêté pour acheter des cigarettes. Puis, je me suis retourné. Il était là, immobile, à l'intérieur de la porte de l'hôtel.

– Mais, pourquoi diable ne me l'avez-vous pas dit en premier lieu ? demanda Gonzalez.

– En premier lieu, vous ne me l'avez pas demandé, pas plus que jusqu'ici d'ailleurs. Vous vous êtes contenté de me faire une conférence et me donner à admirer vos brillantes intuitions.

– Ça va, ça va ! Allons voir ce qu'elle devient. Je n'aurais jamais dû la laisser seule dans sa chambre. Nom de Dieu, j'ai été stupide de la laisser toute seule.

Kennedy saisit le téléphone et articula :

– Un, un, un, zéro vite. Ici Kennedy. Urgent ! Alerte !

Il tint l'appareil assez écarté pour que Gonzalez, penché sur le bureau, pût également entendre la sonnerie. Elle tinta une fois, deux fois, trois fois, quatre fois.

Kennedy reposa brutalement le combiné. Tous deux se précipitèrent à travers le hall, franchirent la porte, dégringolèrent l'escalier et bondirent dans la rue. Kennedy empoigna le portier par un bras, le fit pivoter et lança :

– Joe, avez-vous vu Miss Dillman, tout récemment ? Est-elle sortie par ici ?

Le portier, grand, corpulent, aux mouvements lents, dut réfléchir pendant un instant, puis il inclina la tête.

– Il y a combien de temps ? demanda Gonzalez. Allons, parlez !

– Heu, il y a peut-être une minute, peut-être deux.

– Dans quelle direction ?

– Elle a remonté vers la 5e Avenue. Elle se conduisait très bizarrement. Juste ici, elle a traversé la rue en courant et a manqué être accrochée par une voiture. Puis elle s'est arrêtée un instant sur l'autre trottoir. Je l'observais et je me disais : « Cette dame est cinglée. » Eh bien, vous savez ce qu'il en est de cette dame, Mr Kennedy. Elle a toujours un air étrange avec cette expression triste qui ne la quitte jamais. Puis, elle a couru tout le long de la rue jusqu'à la 5e Avenue comme si elle avait le diable à ses trousses.

– Si vous avez remarqué qu'elle avait peur, pourquoi, bon Dieu, n'avez-vous pas été à son secours ?

– Eh bien, vous voyez, je ne savais pas si elle avait peur ou si elle était bizarre, comme d'habitude. Et mon poste est ici.

– Au diable votre poste ! gronda Gonzalez. Dites-moi, Joe, quelqu'un est-il sorti derrière elle ? Suivez-moi bien, un type aux cheveux blonds, aux yeux bleus, bien habillé, jeune, dans les vingt-deux, vingt-trois ans ?

– Oui. C'est exact, fit le portier.

– Quand ?

– Peut-être trente, vingt secondes après elle. Était-ce lui qui l'effrayait ?

– Possible. Où a-t-il été ? Dans quelle direction ?

– Ouest, vers la 5e Avenue.

– Prenez la suite, dit Gonzalez à Kennedy. Appelez Rothschild, faites-le venir, mettez-vous au boulot ensemble, s'il vous plaît.

Kennedy, de la tête, lui donna son accord.

– O.K.

À toute allure, Gonzalez se précipita vers la 5e Avenue, tourna ensuite à droite, en direction du nord. Il courait, d'une longue foulée souple, et les gens, à sa vue, s'écartaient pour le laisser passer. Il est rare de voir un adulte courir à New York, dans la 5e Avenue. De plus, Gonzalez faisait impression par son allure et son air décidé.

Il atteignit la 56e Rue, puis la 57e. Aucun flic au coin de la 57e Rue et la 5e Avenue.

– Où diable est-il ? se demanda Gonzalez, furieux, tout en traversant la rue en courant, au milieu des véhicules. Quand on a besoin d'un flic, il est impossible d'en trouver un.

Il s'arrêta à l'angle de la 58e Rue et de la 5e Avenue, devant le Savoy Plaza. On était en train de démolir le superbe vieux bâtiment, brique par brique.

Le vent souleva, dans la 58e Rue, un nuage de poussière qui se drapa, comme un rideau, autour de la façade haute et creuse du vieil hôtel.

Gonzalez se contraignit à marquer un arrêt afin de regarder et d'observer autour de lui. Soudain, à un bloc plus au nord, il vit un homme qui traversait en courant la 5e Avenue en direction du parc. Gonzalez cessa de penser, de tirer des plans : il réagit.

Suivant son instinct, il se précipita à travers l'avenue sur les traces de l'homme. La circulation débouchait de la 59e Rue, se déplaçant vers l'est. Gonzalez, dans le style d'un coureur de cross, fonça à travers les véhicules en marche, au milieu des injures des chauffeurs de taxis et de camions, du hurlement des freins. Quand il atteignit le refuge en bas du parc, son homme remontait au pas de course l'allée conduisant au zoo. Gonzalez avait une autre rue à franchir, au milieu d'un flot de véhicules. De nouveau, il plongea, déclenchant un concert de freins gémissants. Au moment où il atteignit le parc, l'autre franchissait la barrière et la rangée de bancs entre l'allée des piétons et la voie carrossable et coupait à travers la pelouse, à une allure aussi vive que celle du détective.

Tous les doutes de Gonzalez étaient maintenant dissipés. Il avait bien, devant lui, la veste grise, le pantalon noir, le chaume des cheveux blonds. Le tueur était en chasse et il avait suffisamment d'avance sur Gonzalez pour que celui-ci ne pût distinguer son gibier.

Le soir approchait. Les gens, en foule, abandonnaient le parc et, au long des allées, se dirigeaient vers leurs domiciles. East Drive séparait le tueur de Gonzalez et lorsque le détective eut franchi la clôture qui bordait l'allée carrossable, la circulation était devenue un flot tellement dense, qu'il ne put agir comme il l'avait fait précédemment. Se jeter dans ce torrent n'eût été qu'une stupidité aboutissant à un décès rapide. Il en fut donc réduit à demeurer sur place en se rongeant les ongles et en maudissant les voitures et lui-même.

Entre-temps, le tueur avait disparu. Un arrêt de la circulation permit à Gonzalez de traverser précipitamment, mais l'autre était hors de vue. Par instinct, le détective se dirigea vers le nord, au-delà de la Wollman Memorial Skating Rink[1] et de la 65e Rue. Il courait, maintenant, de toutes ses forces mais, où qu'il allât, le parc était désert. Son cœur cognait, sa respiration était douloureuse et saccadée.

– Je tiens une sacrée mauvaise forme, se dit-il. À quoi diable peut bien servir un flic s'il n'est pas capable de se maintenir en condition ?

Il contourna la base de la colline et prit en courant la voie qui, d'est en ouest, aboutit au Mall. Après dix longues foulées sur le Mall, il s'arrêta et remercia Dieu.

Une équipe de cinéma y travaillait, montant un décor de fond pour une séquence sur New York. Leur camion était garé dans une allée, à une quinzaine de mètres à l'est du Mall. Des caméras étaient montées sur le Mall lui-même, les ingénieurs du son et des prises de vues étaient en alerte, tout était prêt, acteurs et figurants étaient en place et attendaient, tandis que le metteur en scène hurlait sauvagement :

– Miss, veuillez, je vous prie, vous retirer du champ de nos caméras ! Miss, nous n'avons, devant nous, que dix minutes de crépuscule, et nous avons attendu pendant une semaine un tel éclairage. Si nous loupons ces dix minutes de crépuscule, nous serons, peut-être, forcés d'attendre deux ou trois jours ; Miss, je vous en prie, mon chou, savez-vous combien nous coûte la perte d'une journée ? Me faut-il vous donner exactement le détail des frais ? Enfin, ma chérie, voulez-vous ma peau ?

Un des photographes donna son avis.

---

1. *Skating Rink* : piste de patinage à roulettes. (*N.d.T.*)

– Empoignez-la et sortez-la de cette damnée scène.

Gonzalez, tremblant et haletant, découvrit Sally Dillman, debout, en plein dans le champ des deux caméras et l'entendit s'adresser aux cinéastes.

– Vous ne me toucherez pas. Je vous interdis de porter la main sur moi. Je resterai debout, ici, et j'ai autant le droit que n'importe qui de figurer dans ce film.

– Sidney, elle est cinglée, fit un des opérateurs. C'est une cinglée. On n'est pas à L.A. Ici, c'est une ville de cinglés.

À grands pas, une jeune femme indignée, l'une des actrices, se dirigea vers Sally. Elle était petite, gracile, jolie, avec des cheveux blonds et de grands yeux bleus.

– Ma chère, dit-elle à Sally, ma très chère petite, pourquoi ne pas vous contenter de tomber raide morte ? C'est trop facile de nous envahir et de saboter une scène comme cela. Pourquoi ne faites-vous pas votre chemin comme tout le monde ? En travaillant. Nous avons, tous et toutes, travaillé pour arriver. Que comptez-vous tirer de cette exhibition ? De la publicité ? Votre nom dans les journaux ? Laissez-moi vous dire, ma chérie, que vous venez de réduire à néant tout espoir de vous voir jamais attribuer un bout de rôle. Faites confiance à l'expérience que j'ai amèrement acquise.

Gonzalez fit son entrée en scène. À sa vue, l'assurance de Sally Dillman s'évanouit, ses traits se détendirent, elle se mit à pleurer. Ne sachant que faire d'autre, il la prit dans ses bras.

– Espèce de petite garce idiote, lui murmura-t-il.

Puis, il se tourna vers le groupe des cinéastes et s'adressa à eux.

– Tout va bien, maintenant. Je suis son gardien. Je prendrai soin d'elle. Vous n'aurez plus d'ennuis.

– Qu'est-ce que cela signifie ? Vous êtes mon gardien ? chuchota Sally. Je ne suis pas folle. J'ai agi ainsi pour sauver ma vie.

– Vous avez entendu ce que j'ai dit. Je suis votre gardien. Et c'est tout. Cela suffit. Vous êtes une cinglée. Maintenant, retirons-nous.

Il l'entraîna à l'écart et la conduisit vers l'un des bancs qui bordaient l'allée transversale du Mall. Gonzalez s'y laissa tomber, Sally tout près de lui, et, l'entourant de son long bras, il lui dit :

– Allons, mon petit, ceci est du boulot de professionnel. Tout ce que je fais, maintenant, est professionnel. Restez tout contre moi. Surveillez à votre droite et j'en fais autant à gauche. Contentez-vous de regarder à droite et racontez-moi tout ce qui vous est arrivé et comment diable vous vous êtes flanquée dans ce gâchis.

Elle se remit à pleurer puis s'efforça de contenir ses larmes tout en lui exposant que ce qui s'était passé était dû au fait qu'elle n'avait plus de cigarettes.

– Je ne voulais pas les commander par téléphone, lui expliqua-t-elle. Vous m'aviez dit de ne pas ouvrir la porte si tout autre que vous y frappait. Ça aurait pu être le groom mais comment aurais-je pu être sûre que c'était bien lui.

– Cette maudite télévision, marmonna Gonzalez.

– Que voulez-vous dire ?

– Enfin, êtes-vous stupide ? Je veux dire : quel est voire degré de stupidité ?

– Je vous défends de me traiter de stupide.

– Mais, de quoi dois-je vous traiter ? Non, ne me regardez pas. Ne cessez pas de surveiller votre droite. Je n'ai pas quatre yeux. N'en ayant que deux, je ne peux contrôler que le demi-cercle à ma gauche. Pas plus. Vous, observez bien votre secteur. Il faut que je reste assis un bout de temps, que je réfléchisse à tout cela et que je soit prêt à le recevoir s'il se montre. Pendant ce temps, essayez de vous ressaisir.

– Ne me dites plus que je suis stupide. D'abord, qu'est-ce qui vous en donne le droit. Et de quel droit m'enlacez-vous ainsi ? Lâchez-moi !

– Mon attitude est purement professionnelle et si je vous ai ainsi qualifiée, cela a été le résultat d'un accès de colère. Pardonnez-moi. Continuez votre surveillance.

– Où est-il ? lui demanda-t-elle.

– Qui ?

– Eh bien, qui croyez-vous ? Le tueur. Ignorez-vous que je l'ai vu à l'hôtel ?

– Je sais. Je sais, répondit Gonzalez. Pourquoi suis-je ici ? Vous êtes partie en courant. Il a couru après vous. J'ai couru après lui. Un gros gag ridicule !

– Où est-il ?

– C'est pourquoi vous devez ouvrir l'œil, dit Gonzalez. Je ne sais pas où il est. Il peut être n'importe où dans les environs, donc restez attentive.

– Et nous restons assis ici, tout simplement !

– Que voulez-vous que nous fassions ? Recommencer à courir ? Oui, nous restons ainsi, assis, jusqu'à ce que nos idées soient claires et nettes. Je ne veux pas que quelqu'un marche derrière nous et vous colle une balle dans la nuque. Pouvez-vous comprendre cela. Vous prétendez ne pas être stupide, alors prouvez-le !

– Oh, je commence à vraiment vous détester, Mr Gonzalez.

– Au diable vos sentiments ! Je vous en conjure, bouclez-la juste une minute et laissez-moi réfléchir !

Il était livide de colère, furieux contre elle, contre la troupe de cinéma et contre le tueur. Il s'en rendit compte, se reprit et s'efforça de maîtriser sa colère tout en se disant : « C'est toi qui es stupide, Gonzalez, pas la fille. Tu deviens sentimental. Cette fille est une petite que tu essaies de protéger. Tu es un flic. Tu n'es pas amoureux d'elle. Tâche de ne pas l'oublier et peut-être arriveras-tu à bien faire ton boulot. »

Le dénommé Sidney abandonna le groupe des cinéastes et se dirigea vers eux. Il s'arrêta devant eux, examinant avec curiosité Sally car celle-ci regardait fixement vers la droite. Puis il s'adressa à Gonzalez :

– Vous êtes un flic ?

– Je suis un flic.

– Quelque chose qui ne va pas ?

– Il y a toujours quelque chose qui ne va pas, dit Gonzalez. Continuez votre travail. En ce qui nous concerne, laissez tomber.

– Mais elle ? demanda Sidney.

– Ne vous occupez pas d'elle, répondit Gonzalez, de plus en plus hargneux. Ce qu'elle regarde n'a rien à voir avec votre sacré travail. Avant, vous étiez en train de vous plaindre qu'elle gâchait votre crépuscule et coûtait du fric à votre compagnie. Eh bien, faites demi-tour, réalisez votre film et foutez-lui la paix.

Sidney s'éloigna en hochant la tête et Sally dit avec douceur :

– Maintenant, vous vous rangez de mon côté ?

– Si vous saviez ! fit Gonzalez. Supposez qu'un homme tombe amoureux d'une fille comme vous. Savez-vous combien de temps il vous faudrait pour lui faire perdre la tête, pour le rendre complètement fou ?

– Cela tient à votre attitude compliquée vis-à-vis des femmes, lui répondit-elle, d'une voix qui tremblait encore de peur.

– Il y a une chose que je dois vous dire : vous pouvez avoir une trouille du diable, elle ne vous empêchera pas de tirer des conclusions d'une haute valeur philosophique sur ma façon de me conduire avec les femmes.

– Cela n'a rien de miraculeux. Vous avez trente-deux ans et vous n'êtes pas marié. Et il y a une chose que je sais à votre sujet. Quand vous êtes nerveux, vous employez des gros mots.

– Comment diable savez-vous que j'ai trente-deux ans ?

– Le lieutenant Rothschild me l'a dit pendant que vous téléphoniez à votre mère.

– Et que vous a-t-il encore appris sur mon compte ? Il aura droit au premier prix de commérages pour cette semaine.

– Il n'a rien dit de méchant sur vous. Il trouvait seulement un peu étrange qu'un homme de trente-deux ans consulte encore sa mère et lui demande sa permission avant de prendre une décision. C'est-à-dire, sur sa facon de gagner sa vie.

– J'écoute ma mère et je tiens compte de son avis, fit Gonzalez. Dois-je en avoir honte ?

– Voyons, ne vous fâchez pas.

– Les Portoricains respectent leur mère.

– Chaque fois que vous ne pouvez expliquer quelque chose, ou que vous vous sentez coincé, vous vous repliez derrière le fait que vous êtes portoricain et invoquez vos droits civils. Cela me semble être moins un sentiment de nationalité qu'une sorte de bouée de sauvetage ou un prétexte à excuses.

Gonzalez éclata de rire et lui dit :

– Ne me regardez pas. De l'autre côté. Continuez à surveiller.

– Avez-vous déjà un plan ?

– Non, pas encore. Je réfléchis.

– Pourquoi ne restons-nous pas ici et ne partons-nous pas ensuite avec ces gens du cinéma ? Ou bien, peut-être, ont-ils un téléphone ? Vous savez que l'on trouve, maintenant, des appareils dans les voitures et les camions ; alors, vous pourriez appeler votre ami, le lieutenant Rothschild.

– Que gagnerons-nous à partir d'ici avec toute cette troupe. Le simple fait que nous soyons assis ici, à proximité de tous ces cinéastes, n'ajoute rien à votre sécurité. Cela ne sert qu'à le freiner, à lui donner le temps de réfléchir et de chercher une ligne de conduite. Je veux réfléchir, moi aussi, et mettre au point un plan en avance sur le sien. Et, de plus, mon cerveau me suffit. Je n'ai pas besoin du lieutenant Rothschild.

Il pensa alors : « Tu as une vraie tête de bourrique. Si quelqu'un a jamais eu besoin du lieutenant Rothschild et de deux centaines de flics, c'est bien toi. En ce moment personne n'en a jamais autant eu besoin, il te faut une telle compagnie. » D'une voix forte, il appela le directeur :

– Hé, Sidney, avez-vous le téléphone dans ce camion ?

Sidney se dirigea vers eux et dit, d'une voix forte mais coupante :

– Voyons, monsieur, nous utilisons un matériel délicat. Officier, voulais-je dire. Donc, officier, notre matériel est très sensible. Ne criez pas si vous n'y êtes pas forcé.

– Je regrette, s'excusa Gonzalez. Je vais baisser le ton. Avez-vous un téléphone dans ce camion ?

– Un vrai téléphone ? Sidney avait les yeux braqués sur Sally. Qu'est-ce qu'elle a, une syncope ou quoi ?

– Je dis bien un vrai téléphone. À quoi pourrait me servir un appareil factice ?

– Non, nous n'en avons pas, répondit Sidney qui retourna à son travail.

– Il nous reste encore près de dix minutes de jour et, ensuite, un quart d'heure avant la tombée de la nuit, dit le détective à Sally, d'une voix douce mais ferme. Il faut que nous partions d'ici en pleine lumière. Avez-vous du cran ?

– Pour quoi ?

– Pour prendre un risque ? Pour l'attirer à nous ?

– Qu'entendez-vous par l'attirer à nous ?

– Là-bas, montra-t-il du doigt, il y a un endroit que l'on appelle Sheep Meadow[1]. Un terrain vide et plat. Y êtes-vous déjà allée ?

– Je crois que je le connais, répondit-elle. J'ai dû le voir en me promenant dans le parc. J'y ai jeté un coup d'œil distrait.

---

1. *Sheep Meadow* : le pré aux moutons.

– Bien. Êtes-vous disposée à prendre un grand risque ?

– Dites ! De quoi s'agit-il ?

– Vous le savez, en ce moment même, le tueur n'est pas loin de nous. Il est à portée de vue de nous, ou plutôt, nous sommes dans son rayon de visibilité. Il ne va pas se découvrir maintenant. Mais, où qu'il se trouve, il peut nous voir et, très probablement, distinguer la plupart de nos voies de retraite. Il veut tirer et il veut que son tir soit très précis. Mais il veut opérer lorsque nous serons isolés. Il pourra alors s'approcher de nous. Vous me suivez bien ?

– Je vous suis.

Il hésita un instant, son étreinte se resserra imperceptiblement et il reprit :

– Voyez-vous, Sally, il y a quelque chose, eh bien, quelque chose qu'il faut que je vous dise maintenant. Continuez à regarder de votre côté tandis que je continue à surveiller mon secteur. Laissons ces gens du cinéma se demander ce que nous pouvons nous raconter tandis que nous regardons dans des directions opposées. Ça leur fera, ce soir, un beau sujet de conversation autour de la table du dîner.

» Sally, je vais vous le dire, très simplement et sans ambages, je ressens quelque chose à votre égard.

– Qu'entendez-vous par là ?

– J'essaie de vous convaincre que votre vie a, pour moi, une très grande importance. Elle m'est bien plus importante que si vous étiez une personne quelconque que je viens de rencontrer ou avec qui je me trouverais pour raison de service.

– Essayez-vous de me dire que vous m'aimez ? lui demanda-t-elle. Il me semble que le moment et le lieu ne pourraient être plus mal choisis pour me faire une déclaration. J'ai horriblement peur et je suis persuadée que je vais mourir au cours des toutes prochaines minutes.

– Je m'efforce de vous faire comprendre que vous pouvez avoir confiance en moi, alors que je vais vous proposer quelque chose qui vous paraîtra déraisonnable. Il vous semblera peut-être que je vous expose à un danger auquel tout flic sensé refuserait d'exposer un de ses concitoyens. Mais je ne vois pas les choses ainsi. Je vous demande d'accepter ma décision en partant du fait que vous avez pris, pour moi, une grande importance, que vous avez pris une très grande place dans ma vie.

– Ne puis-je simplement me ranger à toute décision que vous jugerez utile si je vois en vous un être humain intelligent et un bon policier ?

– Si cette formule vous convient mieux, d'accord. Je descends de gens émotifs et un peu d'émotion est bienvenue chez nous.

– Vous voici revenu aux Portoricains.

– Je n'ai pas fait allusion à mes origines. Allons, voyons, ne discutez pas avec moi. Maintenant, écoutez-moi bien, car il ne nous reste plus beaucoup de temps et la nuit approche. Là-bas, derrière la troupe de cinéma, commence le grand pré, le Sheep Meadow. Nous allons nous lever et prendre cette direction et nous traverserons le pré en nous dirigeant vers l'ouest. Je vais jouer un coup risqué. Je vais courir la chance que notre homme se montre avant que nous ayons traversé le Sheep Meadow. Il va certainement agir ainsi.

– Et alors ? demanda-t-elle, d'une voix légèrement tremblante.

– Alors, je suis un flic et un bon tireur. Quant à lui, c'est un homme en fuite et en chasse. Il a commis deux meurtres et est en route vers son troisième, quoique ce ne soit pas tout à fait exact. Vous et moi, nous sommes ensemble. Il faut donc qu'il nous tue tous les deux. Ses nerfs sont tendus à craquer. Si vous pouviez voir ce qui se passe en lui, vous ne discerneriez que tension et rage. À mon avis, il vibre comme une corde à violon et si les vibrations deviennent excessives, quelque chose va craquer en lui. C'est à cela que je veux l'amener, à craquer. Nous allons donc nous exposer dans le pré et, que Dieu nous vienne en aide, il nous suivra et essaiera de tuer. Je joue tout ce que nous possédons sur la chance que je peux le descendre le premier.

– Avez-vous déjà tué quelqu'un, Frank ?

– Non.

– Alors, comment savez-vous que, le moment venu, vous serez capable de le faire ? C'est la seule chose que je vois à vous demander. Pour le reste, vous pouvez compter sur moi. Mais comment le savez-vous ? C'est un tueur. Il sait qu'il peut tuer, mais vous ?

– Dieu me protège ! Je le sais, lui répondit Gonzalez. Pas si ma propre vie était en jeu. Mais, pour la vôtre, je suis certain de réussir.

– Très bien. Allons-y.

Chapitre 10

Le lieutenant Rothschild fonçait à toute allure vers le bas de la ville, dans sa voiture de service dont la sirène déchaînée hurlait dans ses oreilles ; parvenu à Center Street, il argua des quelques contacts qu'il avait eus avec John Comaday, le chef de la police, pour se frayer une voie jusqu'au bureau de celui-ci.

C'était une méthode que Rothschild n'avait encore jamais utilisée et que Comaday n'appréciait guère. John Comaday, avait l'aspect d'un bouledogue trapu. Ses manières étaient un mélange d'hostilité et de méfiance, et il aboyait plutôt qu'il ne parlait. C'était un administrateur compétent et un excellent policier. S'il avait été jamais doué d'une vive imagination, il l'avait refoulée depuis de très nombreuses années.

Une fois Rothschild rendu à pied-d'œuvre, Comaday le dévisagea par-dessus son bureau et lui dit d'un ton sec et direct :

– Vous avez un sacré culot de venir me trouver pour m'annoncer qu'il vous faut quarante flics en civil dans les quinze prochaines minutes. Vous savez que je ne peux rien vous donner dans ces quinze minutes et vous savez foutrement bien pourquoi. Je ne garde pas de réserves ici et la ville est fauchée. Alors, montrez un peu de bon sens et cessez de vous conduire comme un imbécile.

– Je ne me conduis pas comme un imbécile, monsieur, répondit Rothschild, obstiné. Je suis venu vous trouver parce que je dois faire face à un cas d'urgence très particulier et ne vois pas d'autre façon d'en sortir.

– Pourquoi est-ce la seule façon ? Elle est toujours en vie, n'est-ce pas ? Elle est à l'Hôtel St. Regis, n'est-ce pas ? Et vous avez Gonzalez, qui, pour autant que je sache, est un très bon flic, assis sur le pas de sa porte, d'accord ? Donc, pour le moment, on veille sur elle. Votre tueur ne va pas l'effacer cette nuit. Pourquoi est-il impossible d'attendre jusqu'à demain ? Ou après-demain ? Que signifie cette foutue façon de m'envahir pour me dire que vous voulez quarante flics dans les quinze à vingt minutes ?

– On peut remettre à demain, on peut remettre à plus tard encore, répondit Rothschild. Mais l'assassin à gages – c'est un tueur, d'un type spécial –, il se peut que lui n'attende pas. Il a fait ses plans.

– Qu'est-ce qui vous fait croire qu'il n'attendra pas jusqu'à demain ? demanda Comaday. Si la porte est bouclée, si la fille est placée sous bonne garde, il attendra jusqu'à demain ou après-demain. Alors, pourquoi essayez-vous de me bourrer le crâne ?

– Je ne vois pas les choses comme vous, rétorqua Rotschild. Je ne puis raisonner à la façon d'un tueur, Dieu merci. Toutefois, il n'est pas tellement difficile d'abattre quelqu'un. Reconnaissez-le, monsieur.

– Ne sortez pas du sujet, Rothschild. Ne venez pas me dire, ici, ce que je sais et ne sais pas. Laissez-moi m'occuper de mes oignons, hein ! De plus, nos façons de voir diffèrent. Si vous voulez quarante flics, présentez-moi une requête intelligente et assez satisfaisante pour justifier votre demande. Il vous faut exposer l'urgence de la situation dans le 19e District... Attendez une minute... D'abord, le St. Regis n'est pas dans le 19e. Il est situé dans le 17e. Pas vrai ?

– C'est exact, admit Rothschild.

– Et, en ce qui concerne le gymnase de Compatra, il est dans le 18e. J'ai raison ? Voyons, pourquoi n'essayez-vous pas de vous calmer, lieutenant ? Détendez-vous. La section criminelle sud est dans le 18e. Ils ont l'affaire sous contrôle. Ils ont assez d'hommes pour faire face à toute éventualité. Si votre cas d'urgence se situe dans le secteur 55e Rue, Madison et 5e Avenue, je vais faire ceci pour vous : je vais appeler Bixby, au 18e, et lui parler. J'exagérerai un peu. Je lui dirai que cela regarde la Criminelle Sud et même de mettre à pied d'œuvre autant d'hommes qu'il en aura besoin. Si vous avez une proposition à lui faire, allez-y. Comprenez-moi bien, je n'essaie pas de vous casser les reins. J'ai beaucoup de respect pour un flic qui réfléchit et c'est l'opinion que j'ai de vous. C'est pourquoi je ne me fous pas en rogne, compris ? C'est pourquoi je suis prêt à discuter calmement avec vous et à voir à quoi nous pouvons aboutir.

– Dans la prochaine demi-heure, insista Rothschild qui se demandait ce que Comaday entendait par « calmement ».

– Allons, Rothschild, ne continuez pas à m'asticoter avec cette histoire de prochaine demi-heure. Il n'est à peu près rien au monde qui ne puisse être remis au lendemain. Vous n'aviez pas le droit de foncer ici. Pourquoi ne vous êtes-vous pas adressé à l'inspecteur en chef ?

À ce moment, le téléphone, sur le bureau de Comaday, commença à sonner. Il souleva le combiné, dit quelques mots et lança un regard glacial à Rothschild.

– Avez-vous appelé, directement, l'inspecteur en chef Kromlick, à San Francisco ?

– C'est exact, monsieur, répondit Rothschild.

– Consentiriez-vous à me dire pourquoi ? Avez-vous quelque chose à reprocher à notre standard ? Depuis quand téléphone-t-on, à titre personnel, à San Francisco ?

– Je devais le faire, dit Rothschild. J'avais besoin de lui parler. Il fallait que je m'adresse directement à lui. Je paierai de ma poche cette damnée communication. Tenez, vous voulez que je pose mon fric sur votre bureau ?

Rothschild fouilla dans sa poche, en sortit un mince portefeuille et en tira un billet de cinq dollars qu'il plaqua sur le bureau.

– Ça suffit comme ça ! aboya Comaday. Remettez cet argent dans votre poche. Ne me poussez pas à bout !

Rothschild saisit le combiné, écouta pendant un moment et dit :

– Oui, monsieur, ici le lieutenant Rothschild, du 19e District, police de New York. Oui, monsieur, c'est moi qui ai demandé la communication. Nous nous trouvons dans une situation très particulière. Nous avons un tueur à gages aux trousses d'une jeune femme. Il doit remplir son contrat aujourd'hui. L'homme au contrat travaillait avec un truand de New York, du nom de Joey Compatra, qui dirigeait un gymnase au coin de la 8e Avenue et de la 53e Rue. Il y a eu un désaccord entre Compatra et son flingueur par contrat et tout porte à croire que celui-ci a abattu Compatra. Il a également descendu un pauvre bougre de boxeur welter, Patsy Mendoza, parce que ce boxeur aurait pu le donner. Nous pensons qu'il a tué Compatra parce que Compatra lui a fait un coup tordu, ou, peut-être parce que Compatra a gardé une partie de l'argent du contrat...

Comaday écoutait. Tout en observant Rothschild, il pensa qu'il ne se maîtrisait pas assez et se montrait trop dur, ce qui, vis-à-vis d'un flic comme Rothschild, n'avait aucun sens. Rothschild savait ce qu'il faisait et comment il devait le faire. Il était froid, calculateur, connaissait ses responsabilités et essayait d'agir avec logique. Il tenait dans sa main les miettes et les copeaux d'une affaire, comme les pièces d'un puzzle et, tout en les étudiant, il s'efforçait de les ajuster entre elles. C'était là un flic d'un genre peu commun.

– Vous voulez que je m'en tienne à trois minutes, monsieur ? demanda Rothschild, une main sur le micro.

– Au diable les minutes ! Dites ce que vous avez à dire.

Rothschild reprit dans le téléphone :

– Oui, monsieur, nous avons une idée à son sujet. Ce n'est rien de précis, pas une identification fondée, rien d'assez catégorique à utiliser pour une mise en accusation. Nous le voyons comme, euh, âgé de vingt-deux à vingt-cinq ans, environ un mètre quatre-vingt-cinq, cheveux blonds, yeux bleu pâle, correctement vêtu. Quand il a été repéré aujourd'hui, il portait un pantalon noir, étroit, une chemise blanche, une cravate foncée, un veston de tweed gris clair de bonne qualité pourrait valoir une centaine de dollars, qui l'ensemble de bon goût, style étudiant d'université. Il se sert d'un pistolet calibre 32, nous n'en savons pas encore la marque.

– Nous la savons, coupa Comaday, Smith et Wesson.

Rothschild transmit l'information et ajouta :

– Il y a, pour le moins, l'indice d'une touche de sentimentalité morbide, perverse, d'un romantisme de psychopathe. Oui, monsieur, c'est tout, quoique nous sachions encore que c'est un excellent tireur, calme sur la détente, mais d'une extrême nervosité. À mon avis, il pourrait être sujet à de sauvages crises de colère et, s'il se sent acculé, il réagira en tirant pour tuer.

Comaday écoutait Rothschild avec un respect croissant. Il n'eût jamais imaginé cet homme sec, amer, dyspepsique, capable d'établir un tel diagnostic.

À son tour, Rothschild prêtait l'oreille. Au bout d'une à deux minutes, il sortit de sa poche un bloc et un crayon, il coinça le combiné contre son épaule et nota un nom. Il reprit l'écoute, inclina la tête et termina la conversation.

– Oui, monsieur. Merci, monsieur. J'y suis très sensible, monsieur.

Il reposa le téléphone et se tourna vers Comaday qui lui demanda ce qu'il avait obtenu.

– J'ai un nom, dit Rothschild. James Fennington, renvoyé après un an à l'université de Berkeley. De bonne famille, si l'on peut ainsi définir les familles. Le père, très riche, s'est suicidé. La mère s'est remariée trois fois. Fennington a un dossier d'un mètre de long. Mais rien de plus que des peccadilles. Il a passé un an à Hollywood ; il voulait devenir acteur, a joué quelques bouts de rôle et s'est trouvé mêlé à une sérieuse bagarre. Une autre fois, au cours d'une prise de vue, il a manqué aveugler un gars avec un revolver chargé à blanc, du genre de ceux que l'on utilise dans les films. Revenu à San Francisco jusqu'à ces derniers temps et une rumeur circule en ville selon laquelle il exécuterait des contrats. L'inspecteur en chef dit qu'ils n'ont pas assez de preuves pour l'épingler. Le chef pense aussi, ses souvenirs sont trop vagues et demandent une vérification, qu'il était question d'un Smith et Wesson lors de la mort du père. Mais, s'il en avait été ainsi, la police aurait confisqué l'arme et l'aurait conservée. Il dit aussi qu'on n'a pas entendu parler de Fennington au cours des deux dernières semaines, un calme absolu qui ne signifie pas forcément qu'il a quitté la ville.

– Ça cadre, fit Comaday. Du moins, vous pouvez tout faire cadrer. Avez-vous pour habitude, Rothschild, de faire ainsi jaillir des choses du vide et de les assembler ? Comme on dit, transformer le rêve en réalité, hein ?

Comaday était plein d'admiration, mais il se crut forcé de la camoufler derrière un léger ricanement.

– Ce n'est pas souvent qu'une chance nous est offerte, répondit Rothschild. Le 19e District n'est pas le coin le plus excitant du monde.

– Pas non plus le plus terne, lui retourna Comaday. Eh bien, voilà ce que je vais faire pour vous. Je vais appeler Bixby, lui dire de s'entendre avec le 17e District et d'amener le maximum d'hommes. Pendant ce temps-là, rameutez tout ce que vous pouvez trouver dans votre secteur. Rappelez ceux de vos gens qui sont en mission spéciale. Ici, en bas, nous ne pouvons vous fournir personne mais, par là-haut, avec vos trois équipes, vous devriez être à même de réunir quarante à cinquante hommes. Qu'en dites-vous ?

– Je peux essayer.

– Qu'est-ce qui ne va pas ?

– Rien, sinon le temps et la paperasserie.

– Prenez votre temps et faites de la paperasse. Si vous trouvez une partie de notre organisation qui fonctionne sans paperasserie vous me l'indiquerez. Au lieu de discuter là-dessus, Rothschild, mettez-vous à l'œuvre.

– Oui, monsieur, dit Rothschild. Tous mes remerciements. J'y vais.

De nouveau, il était amer et dyspepsique. Il prit brièvement congé.

Il se dirigea, d'abord, vers le St. Regis. Il pensait qu'une nouvelle conversation avec Gonzalez lui ferait du bien et que, tous deux ensemble, ils pourraient préparer leur piège. Si leur espoir d'entrer immédiament en action s'était évanouie, il leur restait encore beaucoup d'heures de nuit et le travail de nuit pourrait même se révéler meilleur que le travail de jour.

La nuit était entièrement tombée lorsque Rothschild parvint à l'hôtel. Aussitôt entré, il s'enquit de la chambre de Miss Dillman. Ayant eu communication de son numéro, il l'appela au téléphone mais n'obtint aucune réponse. Il laissa sonner jusqu'à ce que la standardiste lui confirmât que le téléphone ne répondait pas et que Miss Dillman était certainement sortie. Rothschild se rendit alors chez Kennedy. Celui-ci l'accueillit avec empressement et l'informa qu'il l'attendait.

– Pourquoi ?

– Quoi, vous ne savez pas ce qui s'est passé ?

– Comment diable pourrais-je le savoir.

– J'ai téléphoné au poste de votre district. Je leur ai parlé à plusieurs reprises.

– À quel sujet ? demanda doucement Rothschild. Que s'est-il passé ici, Kennedy ?

– La fille était dans sa chambre et Gonzalez lui avait dit d'y rester, mais, pour une raison que j'ignore, elle l'a quittée. Elle est descendue dans le hall, et ce type blond que vous et Gonzalez avez identifié comme le tueur s'y trouvait aussi. Il a dû lui couper la retraite et elle a traversé la 56e Rue en courant. Le tueur est parti à sa suite. Nous tenons ce rapport du portier. Gonzalez s'est précipité derrière le tueur. Je suis resté ici à vous attendre, c'était, du moins, ce que Gonzalez m'avait demandé.

– Il y a combien de temps de cela ? chuchota Rothschild.

– Environ une demi-heure, dit Kennedy.

– Oh, mon Dieu ! murmura Rothschild. À combien peut se monter la foutue dose de bêtise d'un flic ?

Mais Kennedy ne sut pas qui visait Rothschild : Gonzalez ou lui-même.

Chapitre 11

La troupe de cinéma était en train de charger son matériel sur le camion et se préparait au départ. Gonzalez prit le bras de Sally et ils la dépassèrent en marchant lentement. Sidney se retourna pour les observer et dit quelque chose à un membre de l'équipe. Tous deux se mirent à rire.

Doucement, d'un pas égal, Gonzalez se dirigea vers la haie du Sheep Meadow.

Sally lui demanda :

– Pourquoi se moquent-ils de moi ?

– Qu'ils aillent au diable, fit sèchement Gonzalez. Laissez-les rire. Nous sommes bien au-dessus de cela. Nous marchons vers quelque chose de très différent.

– Je souhaiterais savoir quoi.

– Vous le saurez bientôt. Pour le moment, du calme, restez avec moi, portez haut la tête et pas de panique. Faites ce que je vous dis. Si je dis « Levez-vous », vous vous levez. Si je dis « Passez derrière moi », vous passez derrière moi. Si je dis « Couchez-vous par terre », vous vous couchez par terre. Vous vous laissez tomber à plat et vous écrasez votre figure dans l'herbe ; qu'elle soit humide ou froide, je m'en fous. La figure dans l'herbe, c'est bien compris ?

– J'ai compris. Vous n'avez pas besoin d'être hargneux et d'aboyer après moi pour essayer de m'impressionner en me montrant combien vous êtes coriace.

– Oui, je suis hargneux et j'aboie. Pas après vous mais parce que je suis sous tension et parce que j'ai peur. En ce moment, vous n'êtes pas la seule à être effrayée. Je vous dis cela pour vous faire comprendre que la peur ne vous donne l'exclusivité d'aucun droit. Vous n'avez pas plus le droit de céder à la panique que de vous sauver en courant.

– Je comprends ce que vous voulez dire.

Ils avaient, maintenant, atteint la bordure du Sheep Meadow. La nuit approchait et le vaste pré était absolument désert. Il était étrangement lumineux, poli, entouré d'un cercle de majestueux immeubles, les bâtiments d'habitation du plus haut standing, situés sur Central Park Ouest, Central Park Sud et la 5e Avenue. En leur centre s'étalait le pré, creusé en forme d'écuelle, au milieu de la plus grande et de la plus haute cité du monde.

Avec terreur, Sally regarda autour d'elle et chuchota :

– Je ne me suis jamais trouvée ici dans ces conditions, je veux dire ainsi, dans ce pré entièrement désert.

– Il se vide dès la fin du jour, lui expliqua Gonzalez. Il en est de même pour le parc. Peut-être ne court-on pas plus de danger dans le parc que partout ailleurs en ville. Personnellement, c'est ce que je pense. Une sorte de légende folklorique tend à le présenter comme un endroit dangereux, à l'atmosphère lourde, une espèce de jungle. J'ai connu des jungles bien réelles et le parc n'y ressemble pas. N'empêche que la légende persiste. Si bien que, dans des coins comme celui-ci, vastes étendues ouvertes ou fortement boisées, le vide se fait à l'approche de la nuit.

– Mais il ne reste pas une âme, dit Sally.

– C'est exact. Et c'est pourquoi nous pouvons jouer cette partie dangereuse, parce qu'il n'y a personne à part nous deux.

Au-delà du Sheep Meadow, les véhicules, dont le flot s'écoulait vers le sud par la West Drive, avaient allumé leurs phares. La circulation entourait le Sheep Meadow d'un ruisseau mouvant de lumières. Tandis que Sally et le détective avançaient vers le centre du grand pré, ils dépassèrent une balle d'enfant, abandonnée, perdue dans l'herbe, Sally lâcha le bras de Gonzalez et courut ramasser la balle.

– Ne faites pas ça, l'avertit Gonzalez.

– Mais ce n'est qu'une balle d'enfant, Frank, rien de plus. Les enfants qui ont joué ici ont dû l'oublier.

– Jetez-la. Je veux que vous n'ayez rien dans vos mains. M'entendez-vous ? Je veux qu'à aucun instant vous ayez quelque chose à la main.

Elle lança la balle au loin et lui dit :

– Vous êtes agacant. Quel mal y avait-il à ramasser ce jouet ?

– Cela vous a distraite.

– Et alors ?

– Doux Jésus ! explosa-t-il. Pour l'amour de Dieu, ne pouvez-vous pas m'écouter ? Nous sommes, ici, en train de jouer notre partie. Nous jouons un jeu mortel et vous me demandez ce qui pourrait résulter d'une distraction de votre part. Tout simplement, une distraction peut causer votre mort, notre mort à tous les deux. Vous ne devez pas vous laisser distraire ! M'entendez-vous ? Par rien. Vous n'écoutez que ma voix, ne faites que ce que je vous dis, et absolument rien d'autre. C'est bien enregistré ?

– Seigneur ! Quel caractère vous avez, répondit-elle.

– Je n'ai pas mauvais caractère et je ne me suis pas emporté. C'est de propos délibéré que je crie. Je crie parce que je veux que ce que je viens de vous dire vous entre bien dans la tête.

– Dans ce cas, dit Sally si vous pouviez m'expliquer ce qui nous attend et ce que vous comptez faire, il se pourrait que je vous comprenne beaucoup mieux.

– Eh oui, c'est ma faute. J'aurais dû vous mettre au courant. Je vais, donc, vous l'expliquer. Un détective de la police est armé d'un revolver calibre 38 à six coups. Ce peut être un Colt ou un Smith et Wesson. Il se trouve que le mien est un Colt. Mais n'allez pas croire que je suis un passionné de la gâchette. Même maintenant, je ne veux pas que vous croyiez cela. Je n'aime pas les armes à feu et j'en ai peur. Et, de plus, je les méprise. Mais j'en connais long sur les revolvers et, parce que je suis un flic, je sais me servir du mien. C'est une bonne arme, un excellent revolver. Il est précis et je suis un bon tireur. J'ai la main ferme. Dans le tir au pistolet, ce qui surclasse tout, c'est d'avoir une main ferme car, en tirant au pistolet, il est impossible de toucher quoi que ce soit.

– Mais si c'est impossible, comment font ceux qui tuent des gens avec un pistolet ?

– Question judicieuse. Le sens de mon impossible n'est pas absolu. Nous sommes exercés à tirer sur toutes sortes de choses. Des gens de toutes catégories sont entraînés au pistolet et ils apprennent à s'en servir, mais c'est une arme à laquelle on ne peut faire confiance. On ne peut se fier au pistolet que tant que l'on peut compter sur l'homme qui le tient. Même effrayé, un homme peut utiliser avec précision un fusil, une carabine, il ne peut le faire avec un pistolet. Pour tirer au pistolet avec précision, il faut être calme, froid et maître de soi. Vous saisissez ?

– Je crois que je comprends ce que vous voulez dire.

Ils avaient, maintenant, presque atteint le centre du pré et la vaste étendue était toujours vide et brillait à la douce lueur de ce crépuscule d'avril. Quelques gosses se trouvaient sur le Mall, distants de cent à deux cents mètres, et Gonzalez pouvait entendre leurs voix excitées, stridentes.

– Cela suffit, lui dit-il, arrêtons-nous ici. Nous allons recommencer ce que nous avons fait, précédemment, sur le Mall. Nous allons nous placer presque dos à dos, pas tout à fait, mais de façon à pouvoir balayer les trois cent soixante degrés du cercle par de légers mouvements de tête. Chacun de nous surveille sa moitié de cercle. Il va venir.

– Vous en êtes tellement sûr ?

– Non, pas absolument. C'est aussi une supposition. Mais, si j'ai raison, il arrivera d'ici dix minutes. Il nous faut donc savoir quand et de quelle direction il viendra, pour pouvoir agir en conséquence.

– Pourquoi ne peut-il venir jusqu'ici et nous tuer ? demande Sally.

– Pourquoi ? Laissez-moi vous raconter une histoire, Sally. Joe Louis, le boxeur, allait livrer un de ses plus grands combats. Juste avant le match, le manager de son adversaire vint le trouver au vestiaire et, du fait que Joe Louis était un homme de couleur et que cela se passait avant la campagne en faveur des droits civiques, il a baratiné Joe Louis en lui décrivant ce que son poulain allait lui faire déguster. Je ne me rappelle pas tous les détails, mais l'adversaire de Joe devait lui défoncer l'estomac, lui ouvrir les arcades sourcilières, lui écraser le nez, lui pocher les oreilles. Joe Louis l'écouta très calmement, très paisiblement, puis, quand le manager en eut fini, Joe lui demanda : « Et alors, mon pote, pendant que ton gars fera tout cela, que crois-tu que je ferai, de mon côté ? »

– Que voulez-vous dire ? lui demanda Sally, d'un ton irrité.

– Réfléchissez. Notre position, ici, est remarquable. Il se peut que ce soit la meilleure de New York où mettre fin à vos ennuis. Je vous ai déjà dit que j'étais armé d'un revolver Colt 38 et que je savais m'en servir. Notre tueur, lui, a un pistolet de calibre 32. Il se peut que, lui aussi, tire bien mais les probabilités veulent qu'il soit moins bon avec son 32 que moi avec mon 38. De plus, il ressent une sorte d'ivresse. Je ne veux pas dire qu'il soit soûl, mais qu'il n'est pas maître de ses nerfs, qui sont tendus à l'extrême. Il est sous le coup d'une contrainte, il va et doit continuer à tuer. C'est pourquoi, selon moi, il va avancer vers nous. Il va approcher et, à une certaine portée, le combat commencera. Alors, Sally, écoutez-moi, écoutez-moi avec grande attention. Vous ne savez des bagarres au pistolet que ce que vous avez vu au cinéma ou à la télévision. Oubliez tout cela car tout ce qu'on vous a montré n'est que mensonge et impossibilité. Aux temps reculés, les anciens de l'Ouest étaient tués de deux façons : ou bien le tireur professionnel, ou l'assassin, bondissait sur sa victime, lui collait son revolver dans les côtes et appuyait sur la détente, ou bien, le tir avait lieu à distance, effectué par des policiers de la frontière, ou des tireurs spécialisés, maîtres de leurs nerfs, à la main ferme, qui prenaient leur temps et visaient soigneusement. Beaucoup de ces *marshals* de la frontière, Sally, ont vécu assez longtemps pour pouvoir en parler parce qu'ils attendaient, à une bonne distance, qu'un tireur excité eût vidé ses revolvers. Après quoi, à cette même portée, le *marshal* visait avec soin, sans se presser, et, généralement, il mettait dans la cible. C'est exactement ce que j'ai l'intention de faire, tout à l'heure, si notre tueur se montre. Il va s'avancer vers nous et, lorsqu'il sera à portée, je vais le déséquilibrer.

– Pendant ce temps-là, il tirera sur nous, n'est-ce pas ? demanda Sally.

– Oui, il tirera et il nous ratera si vous ne vous laissez pas aller.

– Le voilà, chuchota Sally. Oh, mon Dieu, Frank, le voilà !

Gonzalez se tourna. Le tueur arrivait du nord-est. Pendant qu'ils étaient assis sur le Mall, il avait dû choisir comme poste d'observation le mont Rumsey, qui n'est pas une montagne, mais une crête rocheuse à l'autre extrémité du Mall. Il venait, maintenant, du nord-est, à travers le Sheep Meadow, à grandes enjambées, courant presque. C'était le même homme, au pantalon noir, à la veste grise, à la blonde chevelure. Ses longs cheveux blonds flottaient dans la brise du soir. Dans sa face, ses yeux bleus creusaient deux trous sombres.

– Passez derrière moi, fit Gonzalez d'une voix calme. Obéissez. Ne discutez rien de ce que je pourrai dire.

Il fit face au tueur qui se rapprochait. Sally prit place derrière Gonzalez qui continua :

– Sally, nous allons vivre ou mourir. Cela dépendra, en grande partie, de la façon dont vous m'obéirez et surmonterez votre effroi. Vous aurez tendance à céder à la panique, mais quoi qu'il arrive, même si je suis touché, vous ne devez pas bouger avant que je vous le dise. Si, par hasard, je suis tué, courez ! Enlevez rapidement vos souliers et courez aussi vite que possible. Mais, tant que je suis là, sur mes pieds, vous restez là, derrière moi, et vous m'obéissez.

– Je ferai ce que vous me direz, lui répondit-elle simplement. Je vous en prie, Frank, ne vous inquiétez pas. Je ferai tout ce que vous me direz.

– Parfait. Vous êtes forte. J'admire votre courage. Nous deux, maintenant, formons un ensemble.

Le tueur approchait. Il parcourut quelques mètres en courant puis s'arrêta. Il leur faisait face à cent vingt mètres de distance. Il reprit sa marche vers eux, sans se presser ; ses pas étaient plus courts, de plus en plus lents. À quatre-vingt-dix mètres d'eux, il s'arrêta et les observa.

– Pourquoi ne sortez-vous pas votre revolver ? demanda Sally dans un murmure.

– C'est trop tôt. J'ai largement le temps. D'ailleurs, il ignore si je suis armé et doit se le demander. Cela lui donnera matière à réflexion et commencera peut-être à l'ébranler un peu.

Pas à pas, le tueur se remit en mouvement. Gonzalez compta vingt-deux pas avant qu'il s'arrête de nouveau. Soixante-dix à soixante-douze mètres, estima Gonzalez. À cette distance, le tueur, immobile, les examina. Sa main glissa sous le revers de son veston. Il sortit son arme d'un étui d'épaule. C'était un pistolet automatique. Sans bouger, il laissa pendre son bras armé à son côté. Déjà, le crépuscule estompait les clôtures distantes du Sheep Meadow et, tandis que le jour diminuait, la silhouette du tueur perdait de son relief. Au premier abord, son visage était vaguement celui d'un universitaire. On ne le distinguait plus, maintenant, seulement un cercle sombre sous le jaune pâle de ses longs cheveux blonds.

À nouveau, il reprit sa marche en avant. Le moment était venu. Gonzalez passa la main sous son veston et tira son revolver d'ordonnance. Il dégagea le cran de sûreté. La distance était, maintenant, réduite à quelque soixante mètres. Le tueur s'arrêta et leva son pistolet. Gonzalez lui cria :

– Jette ton arme, espèce de sale petite vermine ! Jette-la, fils de putain puant et trouillard !

Un coup de feu répondit à Gonzalez. Sally se raidit, luttant contre le désir panique de s'enfuir, de se jeter à plat ventre, de se creuser, de ses mains nues, un trou dans le sol. En pensée, elle se voyait déjà enterrée.

Le tueur tira encore deux fois. Deux fois ? se demanda-t-elle. À moins qu'elle n'eût seulement entendu l'écho de la première détonation ? Non, il y avait bien eu deux coups de feu. Gonzalez était, maintenant, tranquille. Où étaient parties les deux balles ? Comment un homme pouvait-il tirer deux fois sur eux sans le moindre effet ? On vous tire dessus et vous mourez. Et celui-ci était un tueur, un tueur professionnel.

– Du calme, fit Gonzalez. Il ne peut nous toucher à cette distance. Ne vous inquiétez pas. Il est nerveux, tendu et sa main tremble, voyez-vous même. Ses balles se sont perdues dans la nature. À mon avis, il est incapable de faire mouche à longue distance. Il tue de tout près. Ce n'est pas un tireur. C'est un médiocre, immonde assassin sur contrat.

De nouveau, le tueur fit feu. Gonzalez éleva la voix et lui cria :

– Tu es un foutu tireur et tu n'as même pas assez de tripes pour avancer jusqu'ici pour tuer. Tu es un fumiste ! Rien de plus qu'une sale petite ordure ! Ça, un tueur ? J'en ai vu de bien meilleurs parmi les figurant de la Metro, espèce de fils de putain ! Déchet puant !

Le tueur mit la main à sa poche et rechargea son arme. D'une voix tremblante, Sally murmura à Gonzalez :

– Je ne savais pas que vous étiez allé en Californie.

– Moi non plus. Je n'y ai jamais mis les pieds.

– Il arrive ! cria Sally.

L'homme avançait vers eux. Quand il eut fait une demi-douzaine de pas, la voix de Gonzalez claqua :

– Ça suffit !

Le tueur leva son pistolet. Presque simultanément, Gonzalez levait son revolver. Placée derrière lui, Sally Dillman l'observait. Elle fut stupéfaite de la fermeté de sa main. Il avait légèrement pivoté, son côté gauche tourné vers elle, le droit vers son adversaire, le bras étendu de toute sa longueur. Tandis qu'il visait, le tireur tira une nouvelle fois. La balle, après un sifflement, frappa le sol et Sally vit la poussière voler à trois mètres d'eux.

Il semblait bien que Gonzalez eût raison et, pour la première fois, elle comprit la façon d'agir du détective. Son sang se figea lorsqu'elle réalisa avec quelle froide délibération il avait mis leurs vies en jeu en spéculant sur la nervosité du tueur.

Alors, pour la première fois, Gonzalez tira. Il avait soigneusement visé et, tandis qu'il appuyait sur la détente, elle remarqua que sa main demeurait parfaitement immobile. Le Colt 38 rugit et le tueur partit en arrière, comme s'il avait été frappé par une main invisible ; il chancela et, au prix d'un effort, parvint à rester sur ses pieds.

– Vous l'avez touché !

Le tueur, sans lâcher son pistolet, porta sa main droite vers son épaule gauche et frotta son bras gauche entre l'épaule et le coude.

– Je crois que je l'ai touché, dit Gonzalez. Je crois l'avoir attrapé au bras. Ce n'est pas une blessure grave, mais cela lui suffira peut-être.

Le tueur recula. De nouveau, il braqua son arme, plus pour se couvrir que pour tirer et, toujours en reculant, il s'éloigna d'eux.

De nouveau, Gonzalez leva son bras, visa posément et fit feu. Cette fois-ci, il manqua sa cible. La portée avait augmenté de deux mètres environ, la lumière était plus faible et il rata son tir. À son troisième coup, le tueur prit la fuite, fit en courant une trentaine de pas et se retourna vers eux. De cette distance, il tira encore, au petit bonheur, quatre fois.

Mais, maintenant, Sally était aguerrie. Les quatre détonations n'eurent aucun effet sur ses nerfs. Derrière Gonzalez, elle se sentait invulnérable. Pourtant, il lui semblait incroyable qu'au cœur de New York, au milieu du Sheep Meadow de Central Park, elle fût le témoin d'un duel à l'antique entre un détective portoricain et un professionnel de l'assassinat.

La lumière décroissait encore. Gonzalez reprit son tir. Une, deux, trois fois. Le tueur s'éloignait. Au troisième coup de feu de Gonzalez, il n'était plus qu'une tache sombre parmi le monde des ombres qui entouraient le pré.

Soudain, il fit demi-tour et courut vingt, trente, quarante pas, il courut vers la bordure du Mall où il s'arrêta encore. Il n'était plus qu'une tache obscure. Tandis qu'ils l'observaient, il devint de plus en plus indistinct pour, enfin, se fondre dans la nuit qui s'abattait sur le parc.

– Pouvons-nous maintenant nous en aller ? demanda Sally d'une voix faible.

– Non, nous devons rester sur place, répondit Gonzalez. Nous demeurerons ici jusqu'à ce qu'il fasse tout à fait noir, trop noir pour qu'il puisse nous voir. J'ai bousillé mon travail. Après l'avoir blessé, j'aurais dû le tuer. Au lieu de le faire, j'ai attendu. Je ne ferai jamais un bon tueur.

– Où est-il ?

– Il est là-bas, dans l'ombre. Il peut encore nous distinguer. Nous allons attendre quelques minutes encore, qu'il lui soit impossible de nous voir.

– Et ensuite ? s'enquit Sally.

– Alors, nous partirons d'ici. Peut-être suppose-t-il que nous prendrons sa direction, l'est. S'il raisonne ainsi, il se cachera pour nous attendre.

Cependant, les lampadaires s'étaient allumés le long du Mall, formant deux cordons lumineux suivant l'allée des piétons et une frise brillante éclairait le kiosque à musique. Pas une âme en vue.

– Figurez-vous, dit Gonzalez, que toutes les autres nuits de l'année, toutes les autres nuits de ma vie, il y aurait eu ici, sur le Mall, une paire de flics et un car de police serait déjà arrivé. Un flic aurait entendu les détonations et se serait précipité vers nous. C'est ainsi que les choses auraient dû se passer et d'aucune autre façon. Et il vous a fallu choisir la plus mauvaise nuit et le plus mauvais flic de tout le corps de police.

– Vous êtes très drôle, fit Sally qui éclata de rire.

– Savez-vous ce qui vous arrive ? lui demanda Gonzalez.

– Vous croyez que j'ai une crise de nerfs ?

– Exactement.

– Non. Elle continua à rire. Pas du tout. Vous êtes très drôle, Frank. Je ne pense pas que ce soient mes nerfs. J'ai simplement envie de rire. C'est tellement drôle. Si vous aviez pu vous entendre, tandis que vous étiez là, à hurler après lui...

– Maintenant, mettons-nous en route, coupa brièvement Gonzalez. Il doit être quelque part à nous attendre.

– Il doit perdre son sang, Frank.

– Quelle importance y a-t-il à ce qu'il saigne ou qu'il meure ? Je ne crois pas l'avoir touché à un endroit vital. Mais où que ce soit, il doit être pareil à un fauve blessé. Il lui faut agir et tuer. Il doit être à l'affût. Il a dû opter pour la facilité, se figurant que nous reviendrons vers le Mall.

– Supposez qu'il retourne sur ses pas ?

– Peut-être le fera-t-il, peut-être pas. Je l'ignore. Mais nous partons. Peut-être reviendra-t-il à notre recherche. Je n'en sais rien. Je ne sais pas ce qu'il a en tête qui puisse lui tenir lieu d'esprit, dans son âme, si tant est qu'il ait une âme...

Tout en parlant, Gonzalez emmena rapidement Sally vers l'extrémité ouest du pré. La nuit était tombée maintenant, il faisait si noir que Sally pouvait à peine distinguer le sol qu'elle foulait. Mais les mouvements de Gonzalez étaient précis, comme s'il avait en tête chaque saillie du terrain. Dans une certaine mesure, c'était le cas, dans son cerveau, de tout ce qu'il voyait. Tenant le bras de Sally, il la dirigea à travers le pré, presque sans hésitation, tout droit jusqu'à la West Drive. Ce ne fut qu'après l'avoir traversée qu'il remit son revolver dans son étui.

Ils quittèrent la route pour l'allée cavalière où se trouvait la Taverne, mais ce n'était pas encore la saison et la Taverne n'était pas éclairée. Gonzalez la mena hors du parc, à travers Central Park Ouest et le long de la 68e Rue.

– Je veux maintenant m'éloigner du parc, et il faut que je trouve un téléphone.

– Je suis tellement fatiguée, soupira Sally. Je ne peux plus avancer un pied. Jusqu'ici, ça allait. Oh, mon Dieu, Frank, je crois que je vais me trouver mal.

– Il n'en est pas question, lui répondit-il avec fermeté. Les évanouissements sont passés de mode depuis cinquante ans. Ressaisissez-vous. Nous arrivons à la fin de cette aventure.

– Quelle fin ? Où est-il ? Oh, Frank, pourquoi ne l'avons-nous pas suivi ? J'ai tellement peur.

– Parce que c'est un serpent et on ne suit pas un serpent à sonnette jusqu'à son gîte pour engager sa main nue dans le trou où il est lové.

– Frank, il faut que je m'assoie, plaida-t-elle. S'il vous plaît !

Ils étaient dans la 68e Rue et, par une porte ouverte, leur parvint de la musique. Gonzalez leva les yeux et put lire : ÉCOLE DE MUSIQUE DELPHI.

Il la fit entrer. Ils traversèrent un petit vestibule, pour le moment désert, passèrent un porche voûté et découvrirent devant eux, en partie du moins, une minuscule salle de concert. Ils y entrèrent.

Près de cent cinquante personnes assises constituaient le public. À une des extrémités de la salle, sur une petite scène de fortune, un opéra était en cours. Un accompagnateur était assis devant un grand piano entre l'entrée et la scène. Les auditeurs, installés sur des chaises pliantes, concentrés, prêtaient une profonde attention à la musique.

Gonzalez fit avancer Sally le long du mur et trouva deux sièges inoccupés sur lesquels ils se laissèrent tomber.

– Merci, lui dit Sally. En fait, je ne sais pas comment vous remercier. J'allais réellement me trouver mal.

– Ce n'est que de la fatigue.

– Oui, peut-être était-ce cela, peut-être aussi davantage. J'avais l'impression d'être vraiment à bout.

– Tout va bien, maintenant. Détendez-vous. Restez ici pendant quelques minutes, recouvrez votre souffle, je vais chercher un téléphone. Vous ne risquez plus rien.

Une toute jeune fille descendit vers eux, un doigt sur les lèvres. Elle leur donna à chacun un programme. Machinalement, Sally ouvrit le sien et y plongea son regard. Le titre de l'opéra était *Le Secret de Suzanna* et, en sous-titre, il était inscrit « Un interlude en un acte ». La musique était de E. Wolf-Ferrari et le livret de E. Golixiani...

– Je crois que vous êtes en sûreté ici, murmura Gonzalez à Sally. Il faut que je prenne contact avec Rothschild et que je sache si notre homme est gravement blessé. Pouvez-vous m'attendre ici ? Il doit y avoir un téléphone dans le bâtiment et je l'aurai vite trouvé. Je compte sur vous ?

Sally inclina la tête. Il lui était, pour le moment, impossible d'imaginer qu'elle pût avoir à se lever et se déplacer.

– Je ne bougerai pas.

– Bien. Ne vous faites pas de souci.

– Je suis bien ici. Et, de plus, j'aime la musique.

Des gens se retournaient pour leur lancer des regards désapprobateurs et des chuchotements réclamaient le silence. Discrètement, Gonzalez abandonna son siège et gagna la sortie.

S'il fallait en croire le programme, les femmes de l'Italie du Nord, au début du XXe siècle, étaient loin d'être émancipées. D'après le peu qu'en savait Sally, à l'époque actuelle, leur émancipation n'était pas encore totale. Le compte rendu apprenait qu'un certain comte Gil était tombé amoureux d'une certaine Suzanna et l'avait épousée. La voix mugissante du comte Gil résonna alors dans la salle. Il hurlait, gesticulait et agitait, en direction de Suzanna, un poing accusateur.

Sally put découvrir sur son programme que le comte Gil n'était esclave d'aucun vice, qu'il ne fumait pas, ne buvait pas et ne jouait pas. Tout son amour était réservé à Suzanna mais, à la façon dont il le lui exprimait présentement, Sally se demanda si la situation de la bénéficiaire était vraiment enviable. Comme le programme laissait ignorer l'issue de ce drame, Sally resta dans le vague, incapable de découvrir ce que Suzanna avait bien pu faire pour mériter une telle violence accusatrice.

Elle ne le sut jamais, car, tandis qu'assise, elle suivait la scène d'un œil rêveur, le comte Gil effectua sa sortie. Suzana s'effondra sur une chaise sans prononcer un mot. Au même moment, un homme traversa la salle, avança jusqu'à la rampe et, par la droite, monta sur la scène. Cette partie des coulisses était uniquement isolée par un méchant rideau. L'homme ecarta ce rideau. Après l'avoir franchi, il progressa de deux pas vers le centre de la scène où il s'arrêta face aux spectateurs.

La femme qui jouait le rôle de Suzanna commença par ne pas remarquer la présence de l'intrus. Il n'en fut pas de même pour Sally qui ne put en croire ses yeux. Il portait une chemise blanche trempée de sang ; un pantalon étroit et noir, de coupe italienne, lui aussi poisseux de sang, collait à ses jambes. Son veston était gris, ses longs cheveux blonds, ses yeux d'un bleu très pâle. Il tenait dans sa main droite un pistolet automatique. Du sang coulait de sa main gauche et tombait sur la scène, tandis qu'il scrutait soigneusement l'assistance.

Dans cette pauvre salle de concert, on distinguait mal les lumières de la salle des feux de la rampe quoique l'éclairage de la scène fût plus vif.

Fascinée, horrifiée, Sally ne pouvait détourner les yeux de l'apparition. Son regard pâle et froid se posa sur chaque visage, repéra Sally et ne la quitta plus. Il leva son pistolet et Suzanna, épouse d'une soirée du comte Gil, se retourna, vit le tueur et hurla.

On entendit des murmures dans la salle et un homme cria :

– Hé, vous ! Qu'est-ce que vous fichez là ?

Mais tout le monde restait assis et Sally comme les autres, impuissante, le regard fixe, rivé sur la gueule affreuse du pistolet automatique.

Elle ne voyait que le pistolet. Elle ne pouvait bouger ni parler. Fascinée, elle regardait le pistolet tandis que l'homme élevait sa main. Le pistolet montait, plus haut, encore plus haut, centimètre par centimètre. Le canon était braqué vers son front avec une telle rectitude qu'il sembla à Sally qu'elle pouvait en distinguer le fond, y voir la balle, et la mort.

Alors, un coup de feu claqua.

Sally attendit. Elle avait entendu la forte détonation. Elle savait que la balle avait atteint sa cible. Toute cette fuite atroce, toutes ces allées et venues, tous ces pas et détours, tous ces espoirs n'avaient servi à rien. La confiance qu'elle avait faite à un policier portoricain du nom de Gonzalez, elle non plus, n'avait servi à rien. Elle était morte. Elle se demanda ce qui arrivait après la mort. Elle trouva étrange de ne rien ressentir, aucun changement, aucun choc entre ses yeux, aucune explosion dans sa tête, aucune oblitération de sa vue.

Elle pouvait toujours observer la scène. La femme qui jouait le rôle de Suzanna poussa un nouveau hurlement et recula, s'écartant du jeune homme blond. Le bras droit de celui-ci était toujours rigidement tendu, puis ses doigts s'ouvrirent et le pistolet tomba par terre devant la première rangée de sièges. Debout, le tueur se balançait d'avant en arrière. Son mouvement s'accentua, il perdit l'équilibre et tomba, la tête la première, sur son arme.

Soudain, revolver en main, Gonzalez apparut à côté de Sally.

– Il ne vous est rien arrivé ? demanda-t-il d'une voix rauque. Sally, Sally, écoutez-moi ! Parlez-moi ! Pas de bobo ?

Plus tard, Sally se rappela l'odeur de la fumée sortant du canon du revolver. Pendant un moment, elle resta silencieuse. Puis elle regarda Gonzalez et articula :

– On n'éprouve rien de spécial quand on est mort.

– Que vous dites, murmura Gonzalez.

Chapitre 12

Un agent en uniforme fit son apparition. C'était le premier que voyait Gonzalez depuis leur départ, cet après-midi-là, du gymnase de Joey Campatra. Le flic entra en courant, criant :

– Que se passe-t-il ? Alors, qu'est-il arrivé ici ?

– Un homme a été tué.

– Où ? Où ? demanda le flic. Où est-il ? Qui a été tué ? D'abord, reculez tous.

Gonzalez eut un sourire en coin. Il abaissa une main et la posa sur la chevelure de Sally. Il remarquait des choses et éprouvait des sensations nouvelles. Il savait ce que l'on ressent à se sentir en vie. Un moment avant, le flic était arrivé. Maintenant, il se disait que les cheveux de Sally étaient très doux. « Doux comme de la soie », pensa-t-il.

Il s'avança vers le flic et se présenta, aussi calmement et paisiblement que s'ils se trouvaient au commissariat, devant une tasse de café.

– Détective Gonzalez, fit-il, du 19e District.

– Oui, monsieur. Le flic salua. Que s'est-il passé ici ?

Ils se tenaient devant le corps du tueur. Celui-ci était étendu, membres bizarrement écartés, dans la position désordonnée, molle que la mort lui avait donnée à jamais. Il gisait sur le dos. Son visage était celui d'un chérubin, d'un jeune garçon, détendu, libéré de la haine et de toute passion.

– Qui l'a tué ? s'enquit l'agent.

Les gens qui avaient empli la petite salle de concert, s'étaient tassés en cercle autour des deux policiers et du cadavre. Les uns se tenaient sur la scène, d'autres sur le piano, d'autres debout sur les sièges. Des gens d'âge moyen, d'autres plus jeunes, sensibles, réfléchis, aimables, cependant, ils ne pouvaient s'arracher à l'emprise de la mort. Ils ne pouvaient rompre le cercle. La mort les tenait, les retenait et leur parlait d'une voix sombre.

Élevant la voix, Gonzalez s'adressa à eux :

– Mes amis, il est inutile de rester ici. Le spectacle est terminé. Un homme a été tué. C'était un assassin. Il a été tué par un détective dans l'exercice de ses fonctions. Maintenant, si le directeur est à portée de voix, je lui demanderai de s'approcher. Quant à vous autres, je vous conseille de rentrer chez vous.

Le directeur apparut, comme par magie. Petit, chauve, soucieux, il gagna l'intérieur du cercle, en se frottant nerveusement les mains, et demanda un complément d'information.

– Un instant, s'il vous plaît, lui dit Gonzalez qui fournissait des explications au flic. C'est un tueur à gages et je crois qu'il venait de la Côte. Je ne connais pas son nom mais, toute la journée, nous avons été après lui tandis que, de son côté, il nous courait après. Je n'ai pas le temps de vous raconter l'histoire. Ne vous énervez pas. Tendez l'oreille et vous finirez par tout savoir. Surtout, ne bougez pas d'ici. Peut-être ce monsieur...

Il désigna le directeur.

– Derby Clement, fit le petit homme. Je suis le doyen de l'école. Pas exactement le directeur mais nous n'avons pas de directeur dans le sens où vous l'entendez...

– Pouvez-vous trouver quelque chose pour lui couvrir la figure ? demanda Gonzalez à Clement.

Celui-ci, après un regard circulaire, découvrit une jeune femme horrifiée à qui confier le problème.

– Alice, demanda-t-il, Alice, trouvez quelque chose pour le couvrir. Vous rappelez-vous ce poncho que nous avions, que nous disposions sur le piano ? Il fera l'affaire si vous pouvez le trouver. Savez-vous où il est ?

Avalant sa salive et baissant la tête, Alice répondit qu'elle croyait savoir où était rangé le poncho.

Gonzalez regarda autour de lui. Sally Dillman se tenait tout contre son coude.

– Vous ne devriez pas être ici, lui dit-il. Quel bien cela pourra-t-il vous faire ?

– Il fallait que je le voie. Ne pouvez-vous comprendre qu'il me fallait le voir ? – Ses yeux étaient fixés sur le mort. – Ne dirait-on pas un petit garçon ? Regardez son visage. En voyant ses traits, on ne peut imaginer qu'il était capable de tuer. C'est impossible.

Gonzalez s'adressa à l'agent :

– Restez auprès du corps. Il faut que je téléphone au lieutenant du 19e. Avez-vous demandé du renfort ?

– Non. J'étais à pied.

– Ça va, je vais m'en occuper. Mais, pour commencer, j'appelle le lieutenant. Ne bougez pas d'ici. – De nouveau, il éleva la voix. – Mesdames, messieurs, vous feriez aussi bien de rentrez chez vous. Il n'est profitable à personne de rester ici à s'hypnotiser sur un cadavre.

Son appel fut entendu et les gens se dirigèrent vers la sortie. Gonzalez prit le bras de Sally et s'adressa au doyen :

– Avez-vous un téléphone ?

Ravi d'avoir une raison pour s'éloigner du corps, le doyen fit un signe de tête affirmatif :

– Oui, évidemment. Permettez-moi de vous conduire. Il est dans le bureau. Naturellement, le bureau est à votre disposition. Mais, en ce qui concerne la soirée, c'est un désastre. Que vont penser les gens ? Je veux dire tuer ainsi un homme dans notre école. Ce n'est pas juste.

– Je crois que je vais être malade, dit Sally poliment, sur un ton d'excuse. S'il vous plaît, monsieur, y a-t-il un endroit où être malade ?

– Les lavabos des dames, murmura-t-il. Du doigt, il appela une toute jeune fille, à la face livide, qui semblait attachée à l'école. S'il vous plaît, conduisez cette jeune femme aux lavabos des dames. Elle va être malade. Ce serait très gentil de votre part de rester avec elle. Mais emmenez-la le plus vite possible.

Il ignorait le rôle de Sally dans ce qui s'était passé, mais le ton et l'allure efficaces de Gonzalez le convainquirent qu'elle n'y était pas étrangère.

La jeune personne montra le chemin à Sally et le doyen conduisit tristement Gonzalez à son bureau. Gonzalez souleva le combiné et composa le numéro du poste de police, tout en regardant une série de gravures qui décoraient les murs : Beethoven, Mozart, Bach, Chopin, Haydn, Hindemith. Gonzalez en ignorait la plupart. Il se sentait un barbare dépourvu de culture, perdu dans un monde qui avait vraiment une signification. Sa vie, à lui, de colère, de passion, d'armes à feu et de cadavres, n'avait aucun sens.

Lorsque Rothschild répondit, Gonzalez se sentait mécontent de son sort. Il dit à Rothschild :

– Eh bien, je l'ai eu.

– Qui avez-vous eu ?

– J'ai eu le tueur. J'ai eu l'homme au contrat.

– Que diable voulez-vous dire ?

– Je l'ai tué, fit Gonzalez avec aigreur. Ne pouvez-vous pas comprendre ? Je l'ai tué. Il est étendu ici, raide. Tout est terminé.

– Mais, par l'enfer, de quoi parlez-vous ? hurla Rothschild. Avez-vous perdu la tête ? Où êtes-vous ?

– Je vous ai dit où j'étais.

– Foutre non ! Je répète. Où êtes-vous ? Savez-vous que je vous ai cherché à travers toute cette putain de ville ? Savez-vous que je vous croyais mort, et la fille aussi ? Que s'est-il passé dans Central Park ? Nous avons reçu un rapport parlant de coups de feu dans Central Park, sur le Mall ou dans Sheep Meadow. Alors, où diable vous trouvez-vous ?

L'irritation de Gonzalez s'évanouit.

– Je suis au 88e Ouest, 68e Rue, fit-il d'une voix lasse. Je suis ici avec Miss Dillman. Elle va bien, juste une pointe d'hystérie, mais indemne. Le tueur à gages est mort.

– Qu'y a-t-il au 88e Ouest, 68e Rue.

– L'École de Musique Delphi. C'est une petite salle de concert. Il y avait un opéra en cours d'exécution. Si vous voulez que je sois précis, le titre de cet opéra était *Le Secret de Suzanna*. Je n'en avais jamais entendu parler avant. C'est évidemment parce que je suis un flic ignare, stupide.

– N'êtes-vous pas foutu de vous ressaisir ? aboya Rothschild. Par le diable, qu'est-ce qui ne va pas ? Êtes-vous en train de vous effondrer ?

– Le jour où cela m'arrivera, j'aurai une excuse décente pour démissionner de votre équipe de pouilleux.

– J'arrive tout de suite, fit Rothschild. Ne bougez pas. J'arrive.

– Soyez tranquille. Je ne vais nulle part. Je pense que vous trouverez quelqu'un pour informer la Criminelle Sud. J'en ai marre de parler. J'en ai marre de toute cette damnée affaire et, pour autant que ça me concerne, lieutenant, vous pouvez aller au diable !

Aucune réponse ne parvint de Rothschild. Peut-être avait-il raccroché avant, ou après cette dernière phrase. D'ailleurs, Gonzalez s'en fichait pas mal.

Il reposa le combiné et regarda le doyen.

– Cela ne me regarde pas, dit celui-ci, mais si cela ne vous ennuie pas, j'aimerais comprendre un peu ce qui s'est passé ici. Je sais que vous êtes très fatigué, détective...

– Gonzalez.

– Détective Gonzalez. Je peux me rendre compte que vous êtes à bout et je ne voudrais pas vous importuner, mais vous venez de tuer un homme dans mon école. Vous avez interrompu notre représentation. Vous ne pouvez pas aller tuer des gens n'importe où, selon votre bon plaisir. Qui était-ce ?

– C'était un tueur, répondit Gonzalez. Un tueur sous contrat. Au cas où vous ne sauriez pas ce que c'est, c'est un homme qui se loue, pour tuer, pour de l'argent. On le paie pour tuer et un contrat est établi, d'où l'expression « tuer sous contrat ». N'ayez pas l'air surpris, Mr Clement. C'est un métier prospère dans notre civilisation pourrie. Cela ne devrait pas vous surprendre. Tuer n'est pas une chose exceptionnelle, à aucun niveau de ce que nous appelons civilisation. Ce type là-bas, ce mort, c'était un gamin qui, pour une raison qui dépasse mon entendement, était devenu un tueur à gages. C'est tout ce que je peux vous dire. Je regrette d'avoir interrompu votre foutue représentation. Je vous prie de m'en excuser.

Gonzalez sortit du bureau et regagna la salle de spectacle. Le public l'avait évacuée. Seuls y demeuraient encore quelques jeunes élèves des deux sexes, le pianiste accompagnateur et les acteurs. Deux voitures de patrouille étaient arrivées. Il y avait maintenant dans la salle quatre policiers en uniforme et deux en civil. Les deux derniers venaient du 18e District. Gonzalez se présenta et attendit leurs questions. Il était trop las pour prendre une initiative.

Quelques minutes plus tard, Sally Dillman réapparut. Elle était livide, aussi pâle qu'un fantôme, et parvenait à peine à garder son équilibre. Gonzalez la prit par le bras et la conduisit vers une chaise dans le fond de la salle. Il se laissa tomber sur un autre siège, en face d'elle.

L'un des flics en civil du 18e les rejoignit pour demander à Gonzalez qui elle était.

– Elle en a vu de dures. Elle était la proie.

– Que voulez-vous dire par la proie ?

– J'aime employer de tels mots, fit Gonzalez, je me sens raffiné. Si vous préférez, elle était le gibier. Ce fils de pute, qui est étendu mort au fond de la salle, avait été payé pour la descendre. Ce fut le début de cette damnée histoire.

L'homme du 18e District, d'un signe de tête, indiqua qu'il avait compris. Il ignorait pourquoi Gonzalez était en colère et n'avait aucune envie de le contrarier davantage. Il alla retrouver les autres flics. Gonzalez se retourna vers Sally Dillman et lui demanda :

– Comment vous sentez-vous ?

– Je me sens bien et, en même temps, très mal, terriblement mal. J'ai l'impression d'avoir vomi tout ce qu'il y avait de terrible, comme tout ce qu'il y avait de bon et qu'il ne reste plus qu'une coquille vide. Mais cette coquille, c'est moi et je peux maintenant la laisser se remplir à nouveau. Me comprenez-vous, Frank ?

– Oui, je vous comprends.

– Frank, dans tout cela, dans tout ce qui s'est passé, il ne m'était jamais venu à l'esprit, ou plutôt je n'avais jamais eu le temps de le traduire en mots ou en quelque chose de compréhensible, que vous m'avez sauvé la vie, que tout au long de cette journée, vous m'avez sauvé la vie.

– Eh bien, vous faites erreur, dit-il avec une franchise brutale. Je ne vous ai pas sauvé la vie. Je ne me suis pas servi de mon cerveau. J'ai commis cinq erreurs, terriblement graves et j'ai failli vous faire tuer au moins deux fois. Je ne saurais appeler cela sauver la vie de quelqu'un.

– Mais, pour finir, insista-t-elle. vous m'avez sauvé la vie.

– Pour finir, j'ai tué ce pauvre bâtard. Voyez-vous, Sally, je n'avais encore jamais tué personne. Tout au long de ma carrière de flic, je me disais : « Un jour, il faudra en arriver là », mais, au fond, je n'y croyais pas. Je ne croyais pas que je devrais aller jusqu'au bout, tuer quelqu'un et, après cela, demeurer un être humain normal. J'ai fait quelque chose de terrible, Sally. Je ne serai plus jamais le même. Et je ne pense pas que je resterai plus longtemps un flic.

– Vous étiez forcé d'agir ainsi, plaida-t-elle.

– Non, non. Cela n'efface pas tout. Voyons, Sally, vous en savez déjà un petit peu sur mon compte. Vous avez encore beaucoup à apprendre. Imagineriez-vous qu'à peu près tous les jours de ma vie, je me dise : « Gonzalez, si tu avais un brin de conscience ou de vraie décence, tu deviendrais végétarien. »

– Je ne comprends pas, fit-elle, stupéfaite.

– Ce que je veux dire, c'est cette question de viande, de manger de la viande. Chaque fois que je mange de la viande, je pense : « Je suis un être humain. Je suis supposé être un être humain civilisé et je mange la chair morte d'une créature qui vivait. » Saisissez-vous ? Comprenez-vous ce que j'essaie de vous expliquer, Sally ?

– Je crois. Mais, Frank, pourquoi me dire cela maintenant ?

– Il le faut. Je dois vous le dire maintenant, Sally. Sachez qu'à toute minute, ce conard... ma façon de parler doit vous déplaire ? C'est une déformation professionnelle. Je veux dire que je pourrais peut-être y remédier, mais pas facilement. Cela vous choque-t-il beaucoup ?

Elle secoua la tête.

– Non. Je n'avais jamais rencontré personne qui jure autant que vous. Vous employez de très vilains mots. Depuis le début, j'ai remarqué combien vous étiez grossier. Non, cela ne me gêne pas. C'est-à-dire que cela ne m'est pas agréable, mais, comme vous le disiez, il vous faudra un bon bout de temps pour changer.

– Parce que, reprit Gonzalez, d'ici une à cinq minutes, le lieutenant Rothschild va arriver en poussant des hurlements et je n'aurai plus un instant de tranquillité. Avant cela, il faut que je vous dise ce que j'ai à vous dire car, par la suite, je n'aurai jamais plus le courage de vous l'exprimer. Donc, bon Dieu, pour quelle raison, à votre idée, ai-je atteint trente-deux ans sans me marier ?

– Je me le suis déjà demandé.

– Eh bien, cela ne signifie pas que j'aie quoi que ce soit d'anormal. À aucun prix, vous ne devriez avoir une telle pensée. Je suis ainsi fait. Cela tient à mon caractère. Mais, maintenant, juste à cette minute, je ne vous connais pas. Je veux dire, mon Dieu, que nos rapports sont ceux d'étrangers. Nous nous comportons en étrangers et, de plus, je suis catholique. C'est-à-dire un mauvais chrétien, même pas un catholique. Je parierais que... que si, à Rome, ils me connaissaient tel que je suis, je serais excommunié en moins de vingt minutes et, pourtant, je suis catholique. Et vous ?

– Eh bien, quelle différence cela fait-il ?

– Voyons, ne pouvez-vous répondre à une question ? Je vous demande là quelque chose d'important.

– Mon père était presbytérien et ma mère unitarienne.

– Quoi ? Oh, non ! Pas unitarienne !

– Et alors, je ne vois rien en cela qui puisse vous faire réagir ainsi. Il y a un instant, vous m'exprimiez votre désir de devenir végétarien. Or, qu'est-ce qu'un unitarien sinon une personne qui essaie de vivre religieusement comme un être humain ? Je respecte la religion de ma mère...

– Évidemment, admit-il. Évidemment. Je ne voulais pas attaquer les unitariens. Absolument pas ! Rien de semblable ! Donc, je ne vous connais pas, mais je veux vous épouser. Vous aurez tout le temps d'y penser, tout le temps que vous voudrez pour y réfléchir. Pour le moment présent, répondez-moi par oui ou non. Voulez-vous m'épouser Sally ? Le voulez-vous ?

– Je le crois, répondit-elle.

– Vous y avez déjà pensé ? Nous ne nous connaissons que d'aujourd'hui.

– Oui, j'y ai pensé.

– Et quand ? lui demanda-t-il.

– Quand nous nous trouvions dans le gymnase. Plus exactement, c'est là que, pour la première fois, l'idée m'en est vraiment venue. Mais je ne me figurais pas que vous me demanderiez si ma mère était unitarienne. C'était la dernière chose au monde que j'aurais attendue d'une personne comme vous. Je croyais vous connaître un peu, mais évidemment...

À ce moment, Rothschild fit irruption. Il s'avança à grands pas en rugissant :

– Gonzalez ! Gonzalez ! Où diable êtes-vous ?

Gonzalez pivota sur sa chaise et se leva. À sa vue, Rothschild s'approcha, avec une expression mélangée de détermination et de colère.

– Par l'enfer, que s'est-il passé ici cette nuit ? hurla Rothschild.

– Demandez-leur, dit Gonzalez en lui indiquant du doigt les flics en civil à l'autre bout de la salle. Ils appartiennent à la Criminelle Sud, pas vrai ?

– Je ne sais pas d'où ils viennent et, quand je vous pose une question, je veux une réponse. Alors, que s'est-il passé ici ?

– Interrogez-les, fit Gonzalez d'une voix lasse. J'ai fini ma nuit. J'ai même fait des heures supplémentaires. J'ai terminé pour aujourd'hui. Je vais reconduire Miss Dillman à son hôtel et rentrer chez moi. Si vous voulez me flanquer à la porte, faites-le. Si vous voulez me suspendre, faites-le. Si vous voulez me mettre aux arrêts, faites-le. Si vous voulez me faire reprendre le trottoir, en uniforme, faites-le. Merde alors ! Je m'en fous ! J'en ai eu mon compte ! Jusque-là ! Gonzalez agita violemment la main. C'est tout. Je rentre... avec Miss Dillman. Vous avez quelque chose à dire, Rothschild ?

– Lieutenant Rothschild !

– Lieutenant Rothschild.

– Non, dit Rothschild. Je n'ai rien à dire. De toute façon, il est temps que vous rentriez chez vous. Vous êtes crevé. Vous n'êtes plus capable de raisonner ni de parler normalement. Vous l'avez descendu, exact ?

Gonzalez soupira et inclina la tête.

– Oui, je l'ai descendu.

– C'est l'homme au contrat ?

– Vous avez raison. Lui-même. Nous avons joué à cache-cache toute la journée.

L'attitude et le ton de Rothschild changèrent.

– Nous sommes tous fatigués, fiston, dit-il avec une gentillesse surprenante. La journée a été dure pour tout le monde. Pouvez-vous m'accorder cinq minutes encore ? Ensuite, vous ramènerez Miss Dillman chez elle.

– D'accord pour cinq minutes de plus, concéda Gonzalez.

– Venez un instant là-bas avec moi, dit Rothschild en se dirigeant vers le fond de la salle.

Gonzalez le suivit. Les policiers en civil avaient vidé les poches du jeune homme et aligné ce qui lui avait appartenu sur la scène rudimentaire. Il y avait son arme, un pistolet automatique calibre 32 ; seize cartouches inutilisées. Puis un mouchoir imbibé de sang, des clés sur un anneau et des clés de voiture. Environ quarante *cents* de monnaie et, dans un porte-billets, cinq cent vingt-deux dollars. Un portefeuille était ouvert, dont un détective avait retiré un permis de conduire et une carte du Diner's Club. Le permis de conduire était établi au nom de James Fennington et indiquait, comme lieu de domicile, San Francisco.

La carte du Diner's portait un autre nom et avait évidemment été volée.

Après avoir examiné ces pièces, Rothschild se tourna vers Gonzalez et lui dit :

– C'est bien lui.

– Qu'entendez-vous par là ?

– Nous avons reçu des renseignements sur lui de San Francisco. Son nom est James Fennington. Juste une petite ordure ayant mal tourné et un sauvage. Il descend d'une bonne famille. Du moins, ce qu'on qualifie ainsi dans les journaux et dans les livres. J'ignore tout de sa famille. Quelle qu'elle soit, ils n'ont aucune raison d'être fiers d'eux-mêmes.

– Il n'y a rien dans cette nuit qui soit prétexte à fierté, répondit Gonzalez. Ça a été une nuit dégueulasse. Qui peut être fier de quoi que ce soit ? J'ai tué un homme.

– Ça arrive, fit Rothschild.

– Que voulez-vous dire par ça arrive. Pas par hasard, lieutenant. Tout est arrangé par nous. Mais nous fermons les yeux car, en notre for intérieur, tout au fond de nous-mêmes, sommeille un tueur, allaité et élevé par une race de tueurs. Ce tueur est donc en vous comme en tout être humain ; et ce fut le mien qui me poussa à tirer des plans pour le tuer, après l'avoir excité et avoir dirigé chacun de ses pas. J'ai tué ce pauvre gamin cinglé. Il aurait été possible d'agir autrement. Il aurait été possible de le prendre vivant. Non, il fallait que je le tue.

– Tâchez de vous débarrasser de ces idées grotesques dit Rothschild avec une pointe de dégoût. Débarrassez-vous-en. Foutue façon de penser ! Vous et moi, nous connaissions son tableau de chasse : Compatra, mort. Mendoza, mort. Tenez, fichez le camp, voulez-vous, Gonzalez ? Emmenez la fille et reconduisez-la chez elle. Puis rentrez chez vous et roupillez un bon coup. Demain, vous vous sentirez mieux.

– Demain, il se peut que je ne sois plus un flic.

– Demain, vous aurez recouvré votre équilibre et vous serez toujours un flic. Maintenant, foutez-moi le camp.

– O.K., lieutenant. Gonzalez tendit la main. Rothschild la serra.

– Bonne nuit, lieutenant.

– Bonne nuit.

Gonzalez se dirigea vers Sally et lui demanda :

– Qu'en pensez-vous, mon petit, vous croyez-vous capable de marcher ? Estimez-vous en être capable ? Je peux demander à une voiture de ronde de nous déposer à l'hôtel.

– Je crois pouvoir marcher.

Elle se leva et il prit son bras. Il parut évident que Rothschild avait eu la même idée car un des flics en uniforme vint au-devant d'eux et proposa :

– Si je vous descendais en ville, détective Gonzalez ?

– Cela nous serait très agréable.

Tous trois s'en furent vers une voiture arrêtée dont le moteur tournait déjà. Tandis qu'ils s'éloignaient, des ambulanciers arrivèrent, suivis d'autres policiers de la Criminelle. Dans la rue, quelque deux cents personnes, attroupées, attendaient. Sally et Gonzalez montaient en voiture quand une camionnette de la télévision s'arrêta contre le trottoir.

– Sortez-nous de là rapidement !

Le chauffeur connaissait son métier et ne perdit pas de temps à démarrer. Quelques minutes plus tard, ils étaient rendus au St. Regis. Gonzalez mit pied à terre et aida Sally à descendre. Ils entrèrent dans le hall où Clare Kennedy guettait leur arrivée. Il assaillit Gonzalez d'un flot de questions. Gonzalez secoua la tête et lui dit :

– Plus tard, Kennedy. Je ne puis vous répondre maintenant. Je vais accompagner la petite jusque chez elle et je redescendrai. Vous pourrez me cueillir à ce moment-là.

– Tout est bien qui finit bien ? demanda Kennedy.

– Je le suppose, admit Gonzalez.

Il prit l'ascenseur avec Sally. Aucun d'eux ne dit mot avant d'avoir atteint le onzième étage ; alors, devant sa porte, elle lui proposa :

– Voulez-vous entrer ?

– Juste quelques minutes, si vous me le permettez. Je voudrais téléphoner à ma mère.

– Évidemment, fit-elle, évidemment. Voici mon appareil. Voulez-vous que je fasse monter quelque chose à boire ?

Il secoua la tête.

– Dans l'état où je me trouve, une boisson ne peut pas faire de bien.

– C'est ce que je ressens aussi, dit Sally. L'idée de boire ne me tente pas. Je n'ai jamais vraiment bu, pourtant il est des moments où j'aime prendre un verre, mais pas maintenant.

– Pas maintenant, confirma Gonzalez.

Il se dirigea vers le téléphone et s'assit. Sally envoya promener ses souliers et s'allongea sur le canapé, puis se releva, alla fouiller dans son sac et en sortit un paquet de cigarettes.

– Ce sont les cigarettes que j'étais descendue chercher.

Elle prit une cigarette et lui demanda s'il désirait fumer. Sur un signe affirmatif, elle lui en offrit une qu'elle alluma avant la sienne, retourna s'étendre, et lui demanda :

– Voulez-vous que je passe à côté. Peut-être préférez-vous être seul ?

– Pour parler à ma mère ? lui demanda-t-il, étonné.

– Eh bien, c'est dans les choses possibles.

Il secoua la tête et demanda son numéro au standard. Sally tirait paresseusement sur sa cigarette tout en l'observant. Elle examinait, maintenant, son physique. Jusque-là, elle ne l'avait pas vraiment vu en tant qu'homme dont l'aspect pût compter. Il était fort, grand, bien bâti. Il avait de l'éducation et pouvait s'exprimer décemment. Sally considéra les choses comme l'eût fait sa mère et, mentalement, eut une discussion avec la défunte.

Sa mère n'eût pas approuvé. Sa mère eût trouvé une douzaine d'arguments nets et convaincants, sans pour autant avoir le dernier mot. Avec son père, le problème eût été plus compliqué. Les presbytériens dont il descendait, s'étaient toujours montrés soupçonneux à l'égard de tous les catholiques. De plus, le fait qu'elle avait l'intention d'épouser un Portoricain aurait fait déborder la coupe.

Toutefois, sous sa rude apparence, son père avait été un homme tolérant. À sa façon, il est vrai. Sa tolérance n'était pas celle d'un professeur de collège, mais celle dont un mécanicien de locomotive peut faire montre.

Ses pensées se dissipèrent tandis qu'elle écoutait Gonzalez qui parlait à sa mère.

– Mais, Mama, le type qui t'a téléphoné était un imbécile. Je te dis que c'était un imbécile. Il ne t'a pas dit la vérité. Je n'ai été, aujourd'hui, exposé à aucun danger. On ne m'avait chargé d'aucune mission spéciale. Mais non, mais non, je ne courais pas après des assassins. Je n'ai pas tiré et on ne m'a pas tiré dessus. Mama, voyons, tu auras à entendre toutes sortes d'histoires et, je t'en prie, ne les écoute pas. Contente-toi de croire ce que je te dis. Moi, je sais mieux que personne où est la vérité.

Puis, il écouta. Il écouta durant au moins une minute, en agitant son bras libre et en adressant à Sally un regard impuissant. Plusieurs fois il secoua la tête en silence, enfin, il reprit la parole.

– C'est bon, Mama, tu veux que je te dise exactement ce que j'ai fait aujourd'hui ? Écoute donc. J'ai passé la journée avec une fille que je vais épouser. Exactement, Mama, je vais me marier. Je sais, Mama, j'ai eu tort de m'engager ainsi avec une fille que tu n'as jamais rencontrée, mais c'est uniquement parce que tout s'est passé très vite. Oui, très, très vite. Je n'ai pris cette décision qu'aujourd'hui. Et, pour tout dire, j'ai fait la connaissance de cette fille aujourd'hui.

De nouveau, Gonzalez prêta l'oreille. Tandis qu'il écoutait, Sally l'observait, se disant : « Il devrait faire un bon mari. » Elle se rendit compte que si sa mère avait pu, elle aussi, l'observer, elle eût donné son accord. Il faisait montre d'une certaine docilité à l'égard des femmes que Sally estimait nécessaire chez le meilleur des époux. Il tenait de naissance ce caractère. Il pouvait se montrer très brave, très coriace, il pouvait beaucoup gesticuler et même tuer si une nécessité absolue le contraignait à tuer un homme. Mais, sous cette dure carapace, il dissimulait douceur et docilité qui, selon Sally, étaient indispensables à la bonne marche d'un ménage. C'est-à-dire docilité chez le mâle.

– Mama, lança Gonzalez, que veux-tu que je te dise ? Quand il s'agit d'une fille, ne pourrais-tu me faire confiance ? Je ne demande pas uniquement à une fille qu'elle soit catholique. Je ne juge pas non plus indispensable qu'elle soit portoricaine. Non, Mama, elle n'est pas juive. C'est une protestante. Oh, Mama, calme-toi, voyons. Ne commence pas à crier, je t'en prie. Je sais qu'elle va t'adorer et que tu vas l'adorer. Et elle adorera aussi ta cuisine.

Gonzalez fut interrompu.

– Oh, Mama, comment peux-tu décréter à l'avance qu'elle aura horreur de ta cuisine et qu'elle ne prendra pas ses repas chez toi ? C'est ridicule. Quand tu... comment peux-tu dire qu'une protestante refusera de manger à ta table ? Je peux, à partir de demain et pendant quinze jours de suite, t'amener une foule de protestants qui s'estimeront très honorés de manger chez toi, tu peux m'en croire, et ils proclameront que ta cuisine est la meilleure, la plus extraordinaire cuisine espagnole de toute la ville de New York. Par contre, Mama, crois-moi, je peux aussi trouver des catholiques qui n'aimeront rien de ce que tu leur offriras à manger. Mais non, je ne discute pas. Très bien, Mama, très bien.

De nouveau, il écouta puis reprit.

– Entendu, Mama, je te le promets. Je serai rentré d'ici deux heures, trois heures, je ne sais pas au juste mais pas plus tard. Oui, je rentre. Non, je ne retourne pas au poste de police, Mama. Je rentre directement. C'est promis. Oui, oui, oui. Bonne nuit, Mama.

Il reposa le téléphone et se tourna vers Sally.

– Était-elle très bouleversée ? lui demanda-t-elle.

– Oh, pas plus que d'habitude, répondit Gonzalez. Aimez-vous la cuisine espagnole ?

– J'ai mon diplôme d'espagnol. En fait, si j'avais dû enseigner en huitième, c'eût été ma spécialité. Voyez-vous, c'était un nouveau système que nous avions mis en pratique, à Timmerville, l'étude des langues étrangères dès la huitième, ce qui correspond ici aux petites classes. Je crois que mon espagnol est correct mais je n'ai jamais goûté à votre cuisine.

– Vous l'aimerez, lui assura Gonzalez.

– J'en suis persuadée. Qu'a dit d'autre votre mère ?

– Elle m'a dit de vous amener dîner demain soir.

– Vous voulez dire que je ne vous verrai pas avant demain soir ?

– J'ai mon travail. C'est-à-dire, je crois l'avoir, à moins que je ne démissionne demain et, même dans ce cas, tout ne serait pas immédiatement réglé. Il y a une période de préavis avant d'en avoir fini. Non, je dois travailler demain. Je ne peux rien y changer, Sally. Je suis de service.

– Donc, à demain soir, dit-elle avec résignation.

– Nous y arriverons. Demain et beaucoup d'autres lendemains nous attendent, Sally. Faites-moi confiance.

– Oui, je sais, Frank.

– Vous savez que j'aimerais rester ici, cette nuit. N'y voyez aucune austérité de ma part. Rien qui ressemble à de la pruderie ne me pousse à vous quitter. Vous le savez, n'est-ce pas ?

– Je le sais.

Sally inclina la tête.

– C'est seulement que, ce soir, nous sommes terriblement las. Nous, chacun de nous, devons nous ressaisir par nos propres moyens. Vous, dans votre solitude. Moi, dans la mienne.

– Je sais.

– Mais nous nous retrouverons demain soir, dit Gonzalez.

– Demain soir, répéta Sally.

Il s'avança vers elle et déposa un doux baiser sur ses lèvres.

– Dormez bien, mon petit.

Il se dirigea vers la porte et, là, se retourna pour la regarder. Elle était assise, bien droite, au bord du canapé, mains croisées sur les genoux, souriante. Il lui retourna son sourire.

– Bonne nuit.

Elle inclina la tête sans parler. Doucement, il ferma la porte derrière lui.

Après le départ de Gonzalez, pendant près de dix minutes, Sally demeura ainsi, assise, mains croisées. Sa cigarette achevait de se consumer dans le cendrier. Elle se leva enfin et gagna sa chambre où elle se dévêtit et passa une chemise de nuit.

Elle s'agenouilla tout près du lit mais sans prier. Pendant un moment, elle resta ainsi, immobile, tête courbée sous le poids de l'épuisement. Enfin, elle se glissa sous ses couvertures et, en quelques secondes, le sommeil l'engloutit.

LE JOURNAL DU CABINET NOIR

Mai 99

Édito

Une collection *littéraire* de l'*étrange*

Du bizarre au merveilleux, la transition est insensible et le lecteur se trouvera en plein fantastique avant qu'il se soit aperçu que le monde est loin derrière lui.

Prosper Mérimée

Cette constatation du grand Prosper à propos de Nicolas Gogol pourrait bien s'appliquer au « Cabinet noir ». Elle figure en exergue dans les tout premiers numéros de *Fiction*, longtemps annoncée en couverture comme « la revue littéraire de l'étrange ».

En ces temps lointains, la science-fiction n'était pas encore un objet d'histoire. Elle l'utilisait comme matériau, de préférence au futur. Elle n'était pas encore la respectable littérature d'**idées** qu'elle est devenue de nos jours. Les idées ne lui manquaient pourtant pas, folles ou sérieuses, naïves ou géniales, mais, avant tout, elle faisait **rêver**...

À la conquête de l'espace (les planètes, puis les étoiles) qui semblait si proche aux contemporains du premier *spoutnik*. Elle faisait peur aussi, le rêve tournant parfois au cauchemar avec la guerre nucléaire, qui semblait si probable en pleine guerre froide. Et avec l'informatique, dont elle prévoyait la mainmise sur les sociétés futures... mais pas la miniaturisation.

À cette époque de l'âge d'or de la science-fiction, il y avait des colonies humaines sur Mars et les ordinateurs voyaient leur taille augmenter en même temps que leur puissance...

Fiction, sous la direction du regretté Alain Dorémieux[1], faisait découvrir à ses lecteurs émerveillés des auteurs encore inconnus en France, tels, parmi beaucoup d'autres, Philip K. Dick, Theodore Sturgeon, Fredric Brown, Fritz Leiber, Philip José Farmer, Poul Anderson, Gérard Klein, aux côtés d'auteurs fantastiques classiques et modernes, ou totalement inclassables, tels Roland Topor et Jacques Sternberg.

Mais, parmi ces futurs auteurs classiques de la science-fiction, quelques inconnus allaient le rester, pour cause de disparition (souvent inexpliquée) du genre. Tel Charles L. Fontenay. *La Soie et la Chanson*, une anthologie que nous devons à un rédacteur en chef beaucoup plus tardif de *Fiction*, Daniel Walther, qui a fait le mois dernier une entrée remarquée dans notre collection (*Les Mandibules et les Dents*, « Cabinet noir », n° 29), nous fait regretter que Charles Fontenay ait prématurément disparu de notre continuum littéraire. En fait, avec sa façon de faire se télescoper technologie et spiritualité, légende et voyage dans l'espace, d'introduire du fantastique dans une nouvelle noire réaliste et surtout d'imaginer deux des histoires les plus tordues de paradoxes temporels de l'histoire d'un genre qui n'en est pas avare, il apparaît comme un auteur typiquement « Cabinet noir », à se demander si ses réflexions sur la nature de l'espace-temps ne l'ont pas amené à prévoir que notre collection le tirerait de l'oubli, où l'aurait plongé sa disparition... purement expérimentale donc.

---

1. Lire l'hommage de Jacques Sternberg, dans le « journal » de *Si loin de nulle part* (« Cabinet noir », n° 19).

Nos lecteurs auront peut-être compris qu'il est temps que nous prenions quelques vacances. Le « Cabinet noir » va en effet fermer pour l'été, ou plutôt s'entrouvrir pour laisser s'échapper ses responsables (!?) vers le soleil. Ces derniers vous abandonnent, la conscience tranquille. Outre les nouvelles de Charles Fontenay intitulées *L'Impasse* et *Z*, que vous pourrez lire et relire à loisir pour tenter de les comprendre d'ici septembre, nous vous laissons à lire, d'une traite cette fois, un excellent suspense, *Sally*, signé Howard Fast. Comme celui paru l'été dernier (*L'Assassin qui rendit son arme*, « Cabinet noir » n° 15), il s'agit d'une variation originale sur le thème bien connu du tueur à gages. Cette fois-ci le point de vue est celui de la victime, qui se trouve être aussi la commanditaire du « contrat »...

*

À la rentrée, nous vous proposerons un nouveau recueil de nouvelles inédites de Frédéric H. Fajardie, *Chrysalide des villes*, et un roman de science-fiction de James Blish, *Les Six Lendemains* : un récit mêlant **scientifiquement** parapsychologie et univers parallèles, que la lecture des paradoxes temporels de Charles Fontenay vous aura peut-être préparés à suivre... Puis un nouveau livre de Jérôme Leroy, dont *Une si douce apocalypse* (« Cabinet noir », n° 23) a enthousiasmé à la fois les critiques et nos lecteurs, et un recueil de nouvelles fantastiques de Jean-Pierre Andrevon, bien connu des lecteurs de science-fiction, qui fera son entrée dans la collection.

*

Les 19 et 20 juin, venez nombreux place de la Bastille pour assister au **5e Festival du Roman policier et du roman noir**, organisé, comme l'an dernier, par la librairie Epigrammes[1], avec l'appui de l'association 813[2]. Quatre auteurs du « Cabinet noir » y signeront leurs livres : Frédéric H. Fajardie et Jérôme Leroy, le dimanche 20, de 14 h à 17 h ; Franck Michel, le samedi 19, de 14 h 30 à 17 h ; Jean-Baptiste Baronian, les samedi 19 et dimanche 20, de 14 h à 17 h.

Bonnes vacances.
Rendez-vous dans l'avenir.

H. et P.J. O.

Emprisonné pour avoir cru à la liberté

Howard Melvin Fast est né en 1914, à New York, dans une famille d'ouvriers. Après ses études au lycée George Washington, il descend dans le Sud pour gagner sa vie. Il y exercera pendant deux ans les emplois les plus divers : ouvrier agricole, employé de blanchisserie, commis boucher, manutentionnaire, tailleur, coursier, maçon sur un barrage en construction. Mais il a déjà commencé à écrire. Aussi regagne-t-il sa ville natale. Il a 19 ans et est employé à la bibliothèque de la Ville de New York quand il publie son premier roman, *Two Valleys*, qui constitue le premier acte d'un projet d'écrivain qu'il définit ainsi dès le début de sa carrière : « Le cours de l'histoire américaine, tel qu'il est exprimé par la masse du peuple américain, est révolutionnaire. Emerson et Thoreau, qui furent les

1. 58, rue de la Roquette, 75011 Paris (Tél. 01 47 00 79 70) et 26, rue Saint-Antoine, 75004 Paris (Tél. 01 42 72 61 76).
2. C/o Jean-Louis Touchant, 22, boulevard Richard-Lenoir, 75011 Paris.

hommes les plus intelligents de leur temps, avaient foi en John Brown et étaient convaincus de la justesse de sa cause. Aujourd'hui, Hollywood tourne des films où l'on nous montre John Brown sous les traits d'un déséquilibré, d'une brute et d'un assassin. Mon intention est de tenter, quoique seul, une rénovation du roman historique américain.[1] »

En 1941, il s'engage dans l'armée quand les États-Unis entrent en guerre contre les forces de l'Axe. Mais, affecté à Washington à la tête d'un service d'information du ministère de la Guerre, il démissionne et devient correspondant de guerre pour *Esquire*. En 1947, il sera un temps enseignant à l'université de Bloomington, dans l'Indiana.

Profondément patriote et démocrate, habité par la grande idée de la liberté, il sera tout naturellement amené au militantisme, non seulement dans son œuvre, mais aussi dans l'action politique. Ami de Dashiell Hammett, il sera membre, comme lui, du Parti communiste américain et refusera comme lui de collaborer avec la commission du sénateur McCarthy, de sinistre mémoire. Il est à la même époque l'un des fondateurs du Mouvement mondial de la Paix. Et il est membre du bureau exécutif du Comité d'aide aux réfugiés espagnols antifascistes quand la Commission des activités anti-américaines demande à ce bureau de lui livrer les noms de ces réfugiés soupçonnés de sympathie pour le communisme. Fast ainsi que les dix autres membres du comité refusent et sont condamnés à des peines de prison de trois à six mois. Howard Fast entre en prison le 7 juin 1950. Lorsqu'il en sort, il est incrit sur la liste noire du maccarthysme : aucune maison d'édition n'ose plus accepter ses œuvres. *Spartacus*, dont il a achevé l'écriture en juin 1951, ne paraîtra que grâce à une souscription. Quant à son

1. Postface à *Spartacus*, 1955.

premier roman policier, *L'Ange déchu*, une fable sur la sombre période du maccarthysme, il ne parvient à le publier que sous pseudonyme. Le livre sera signé Walter Ericson.

Bien que, dans la seconde partie des années 50, il soit quand même parvenu à publier quelques ouvrages, dont en 1959 *L'Affaire Winston* (« Cabinet noir », n° 10), un livre qui constitue précisément « un constat amer de l'isolement des idéalistes », le « purgatoire » d'Howard Fast ne prendra véritablement fin qu'en 1960, lorsque Stanley Kubrick porte son *Spartacus* à l'écran, avec l'immense succès que l'on sait.

Une œuvre monumentale habitée par l'idée de liberté

Tous les grands livres signés Howard Fast ont répondu à l'engagement pris par l'auteur à ses débuts : tenter une rénovation du roman historique américain à partir de l'idée que « le cours de l'histoire américaine, tel qu'il est exprimé par la masse du peuple américain, est révolutionnaire ».

Après *Two Valleys* (1933) qui était consacré aux journées de la guerre d'Indépendance, *Les Héros désespérés* (1939) mirent en scène un soldat de l'armée révolutionnaire de Valley Forge ; *La Dernière Frontière* (1941) est consacrée à la lutte du peuple cheyenne ; *Le Citoyen Tom Paine* (1943) est le récit de la vie d'un humble corsetier anglais qui émigra en Amérique pour soutenir les insurgés et devint un théoricien de la démocratie ; *La Route de la liberté* (1944) exalte le combat pour leurs droits des anciens esclaves après la guerre de Sécession ; *Mes glorieux frères* (1948) raconte une révolte de paysans juifs un siècle et demi avant Jésus-Christ ; *Spartacus* (1951) décrit la révolte des esclaves contre l'Empire romain ; *La Passion de Sacco et Vanzetti* (1953) retrace la journée qui précéda la mort des deux syndicalistes exécutés à tort ; *Silas Timberman* (1954) dénonce la période du maccarthysme ; enfin, en 1959, paraît *L'Affaire Winston.*

À partir de 1960, Howard Fast, quelque peu démoralisé – mais provisoirement, car ses livres récents montrent qu'il n'a rien perdu de sa pugnacité –, entame une carrière de romancier policier.

La série des prénoms féminins

Sylvia (1960) fut le premier roman purement policier d'Howard Fast. Lorsqu'il l'eut remis à son éditeur, celui-ci le trouva si différent des œuvres habituelles de son auteur qu'il lui proposa de le signer d'un pseudonyme et lui suggéra le nom de « E.V. Cunningham », sous lequel devaient paraître toutes les œuvres policières d'Howard Fast

Après *Sylvia* parurent onze autres romans portant pour titre des prénoms féminins : *Phyllis* (1962), *Alice* (1963), *Shirley* (1964, publié sous le titre *Tu peux crever* dans la Série Noire), *Lydia* (1964, publié sous le titre de *Oh Lydia !* dans la Série Noire), *Pénélope* (1965), *Helen* (1966), *Margie* (1966), *Sally* (1967), *Samantha* (1967), *Cynthia* (1968), *Millie* (1977).

Dans un entretien accordé à la revue *Polar* en 1974, Howard Fast annonçait qu'il avait écrit un nouveau roman, *Amanda*. Mais, en 1979, il déclarait à la même revue avoir retiré ce livre de la publication parce qu'il n'en était pas satisfait. Il nous apprenait en même temps qu'il n'y aurait plus de romans titrés de prénoms féminins. On peut donc considérer que cette série se limitera à 12 titres, dont 9 ont été traduits en français.

Les autres œuvres policières d'Howard Fast

Dans *Samantha*, apparaissait pour la première fois le sergent Masao Masuto, « policier américain d'origine japonaise, de Beverly Hills. Il y est confronté aux meurtres en série de plusieurs célébrités. On le retrouve plein de flegme et d'humour dans six autres enquêtes, face à d'autres meurtres mystérieux. Expert en karaté, philosophe (bouddhiste Zen), il cultive des roses merveilleuses et les meilleurs concombres et tomates de Los Angeles... en attendant d'avoir 22 ans de service et de prendre sa retraite pour passer six heures par jour à méditer dans le Zendo de son petit cottage de Culver City.[1] »

En dehors de ces deux séries parurent deux autres « Cunningham » qui tiennent particulièrement à cœur à leur auteur : l'un, en 1969, *L'Assassin qui rendit son arme*, que nous avons réédité (« Cabinet noir », n° 15) sous le nom d'Howard Fast selon le souhait de l'auteur (de même que nous rééditons aujourd'hui *Sally*), l'autre, en 1986, intitulé *Le Facteur Crésus* (Série Noire, 1987).

Enfin, il faut citer un excellent thriller, *La Confession de Joe Cullen* (1989), publié par L'Atalante en 1991 et qui figure actuellement au catalogue du Livre de Poche.

Howard Fast en France

Sur les plus de 80 romans publiés aux États-Unis, beaucoup ont été traduits en France. On trouvera ci-après la liste des œuvres actuellement disponibles publiées sous le nom d'Howard Fast, même si cer-

1. Claude Mesplède et Jean-Jacques Schleret, *Les Auteurs de la Série Noire* (Joseph K. éditeur).

taines l'ont été aux États-Unis sous le nom de Cunningham (dans ce cas la mention EVC le précise).

La Dernière Frontière (« 10/18 », 1996).

L'Ange déchu, sous le nom de Walter Ericson aux États-Unis (« Rivages/noir », 1991).

Sylvia, l'un des plus grands livres policiers de l'auteur (EVC, « Rivages/noir », 1990).

Les Bâtisseurs (Robert Laffont, 1978).

Max (L'Atalante, 1988).

Le Serment (Messidor. 1990).

Le Dîner (Scanéditions, 1993).

La Confession de Joe Cullen (L'Atalante, 1991, et Le Livre de Poche).

L'Affaire Winston (« Le cabinet noir », Les Belles Lettres, 1998).

L'Assassin qui rendit son arme (« Le cabinet noir », Les Belles Lettres, 1998).

Et, sous le nom d'E.V. Cunningham :

Les Enquêtes de Masao Masuto (six volumes dans la « Série Noire », Gallimard, 1978 à 1985).

Le Facteur Crésus (« Série Noire », Gallimard, 1987).

Tu peux crever (« Série Noire », Gallimard, 1965).

Les « Cabinet noir » déjà parus :

1. Frédéric H. Fajardie : Retour à Zlin
Noir, amer et tendre 192 pages : 39 F

2. Alexandre Dumas : Le Meneur de loups
Fantastique romantique 320 pages : 49 F

3. Fredric Brown : Attention, chien gentil !
Humour macabre 192 pages : 39 F

4. Evan Hunter (Ed McBain) : Mister Buddwing
Amnésie - suspense 400 pages : 59 F

5. Dennis Etchison : Rêves de sang
Horreur psychologique 304 pages : 49 F

6. Evan Hunter : Le Temps du châtiment
Violence et justice 288 pages : 49 F

7. Frédéric H. Fajardie : Mort d'un lapin urbain
Noir, cruel et tendre 176 pages : 39 F

8. Theodore Sturgeon : La Sorcière du marais
Mondes magiques 288 pages : 49 F

9. Raoul de Warren : La Bête de l'Apocalypse
Fantastique, occultisme, Histoire 304 pages : 49 F

10. Howard Fast : L'Affaire Winston
Suspense judiciaire 240 pages : 49 F

11. Thomas Tessier : Fantôme
Hantises et terreur 336 pages : 49 F

12. Fredric Brown : Schnock corridor
Crimes et délires 192 pages : 39 F

13. Colin Wilson : La Cage de verre
Suspense psychologique 352 pages : 59 F

14. Robert Bloch : Les Yeux de la momie
Épouvante et surnaturel 224 pages : 49 F

15. Howard Fast : L'Assassin qui rendit son arme
Tueur à gages et amour fou 192 pages : 39 F

16. Alexandre Dumas : Le Château d'Eppstein
Gothique et surnaturel 272 pages : 49 F

17. Frédéric H. Fajardie : Les Neuf Cercles de l'Enfer
Noir, sarcastique et tendre 176 pages : 39 F

18. Clark Ashton Smith : L'Empire des nécromants
Horreur cosmique — 272 pages : 49 F

19. Jacques Sternberg : Si loin de nulle part
Histoires d'humour fou — 240 pages : 49 F

20. Frances Noyes Hart : Le Procès Bellamy
Roman judiciaire — 368 pages : 59 F

21. Raoul de Warren : La Clairière des Eaux-Mortes
Roman satanique — 288 pages : 49 F

22. Ed McBain : Le Sang sur le trottoir
Noir désespéré — 272 pages : 49 F

23. Jérôme Leroy : Une si douce apocalypse
Prophéties noires et rédemptions — 192 pages : 39 F

24. Theodore Sturgeon : L'homme qui a perdu la mer
Science-fiction romantique — 240 pages : 49 F

25. Franck Michel : L'Ordre des choses
Violence et dérision — 176 pages : 39 F

26. Dennis Etchison : Les Domaines de la nuit
Cauchemars modernes — 272 pages : 49 F

27. Jean-Baptiste Baronian :
Parmi tant d'autres crimes
Mystères criminels — 192 pages : 39 F

28. Lyon Sprague De Camp :
De peur que les ténèbres...
Glissement temporel et Histoire — 288 pages : 49 F

29. Daniel Walther : Les Mandibules et les Dents
Surnaturel ténébreux — 208 pages : 39 F

30. Fredric Brown : Homicide mode d'emploi
Blague et horreur — 192 pages : 39 F

L'autre « Cabinet noir » du mois :

32. Charles L. Fontenay : La Soie et la Chanson

Charles L. Fontenay est un très subtil et imaginatif auteur de nouvelles, un poète à sa manière. Il pratique une science-fiction à la fois sobre et détaillée, mais il a parfois une idée purement fantastique comme dans *Par un après-midi d'été*, ou bien, comme dans *L'Impasse*, il construit une intrigue en forme de cercle vicieux à vous couper le souffle. Les sept étonnantes nouvelles de ce recueil avaient paru en revues, mais n'avaient jamais été réunies en volume. Une injustice réparée aujourd'hui grâce à Daniel Walther.

224 pages : 49 F

Ne manquez pas les « Cabinet noir » de septembre :

33. Frédéric H. Fajardie : Chrysalide des villes

Ce nouveau recueil de l'auteur de *Retour à Zlin*, *Mort d'un lapin urbain* et *Les Neuf Cercles de l'Enfer*, propose 14 nouvelles inédites. D'une écriture concise parfois traversée de fulgurances poétiques, ces nouvelles noires, souvent chargées de l'humour caustique qui est la marque de l'auteur, ne sont jamais désespérées. Elles sont même souvent très drôles. Quelques titres vous donneront un avant-goût de leur saveur particulière : *Histoire de fou*, *Élémentaire mon cher Watson...*, *Projet idiot*, *Un ange nommé « Apple »*, *Le mariage de la petite arnaqueuse*, etc.

192 pages : 39 F

34. James Blish : Les Six Lendemains

« Dans la rue adjacente, quelqu'un avait crié, puis il y avait eu des hurlements stridents, déchirants, insupportables. Les gens couraient. Danny, lui, n'avait pas bougé. Un mois plus tôt les mêmes phénomènes s'étaient produits et il avait couru. Mais, dans la rue adjacente, il n'y avait rien d'autre que le flot habituel des employés. » Ce roman, qui mêle les thèmes de la parapsychologie et des univers parallèles, représente une des rares tentatives romanesques pour donner une explication scientifique et rationnelle à la télépathie.

256 pages : 49 F

Mais « Le cabinet noir » c'est aussi « Le grand cabinet noir » !

Déjà parus :

Colin Wilson : Le Tueur
Un thriller original et fascinant

288 pages : 115 F

Halloween/Les Citrouilles de l'horreur
Une anthologie de nouvelles fantastiques sur le thème d'Halloween établie par Stéphane Bourgoin

272 pages : 95 F

Et le nouvel inédit paru en mars :

Colin Wilson : Meurtre d'une écolière
Le corps d'une jeune fille dont l'âge se situe vraisemblablement entre 12 et 14 ans vient d'être découvert. Elle semble avoir été étranglée avec un cordon recouvert de plastique blanc maintenu autour de sa gorge par trois nœuds. De prime abord, il s'agit d'un simple cas de viol suivi de meurtre. Mais certains aspects de l'affaire intriguent l'inspecteur Saltfleet, qui n'aurait pourtant jamais imaginé que ses recherches allaient le précipiter dans les sombres méandres des activités d'une secte satanique pratiquant la magie noire et s'adonnant aux perversions sexuelles.

Un nouveau thriller par l'auteur de *La Cage de verre* et du *Tueur*.

272 pages : 95 F

Ce volume,
le trente-et-unième
de la collection « Le Cabinet noir »,
publié aux Éditions Les Belles Lettres,
a été achevé d'imprimer
en avril 1999
dans les ateliers
de ***Bussière Camedan Imprimeries,***
18203 Saint-Amand-Montrond.

N° d'édition : 3685. N° d'impression : 992050/1.
Dépôt légal : mai 1999.
Imprimé en France